文芸社セレクション

鍵盤

侘 檀瑚
CHA Dango

文芸社

高々と振り上げられた枯れた両手が、白鍵に全体重をかけ振り下ろされた。静寂の和音がホールに響き、観客は自らの鼓動がうるさく感じた。重く繊細な旋律を奏でるその姿は老いながらも背筋がまっすぐに伸び、その目から発せられるオーラは最期の炎で自らを燃やし尽くすがごときものであった。次の楽章へと進むまでの間、しばらくの沈黙があり、男は優雅で甘美なる中にも一筋の厳しさを通した旋律を奏で始めた。静かに唄うように演奏された楽章の後、次の楽章に向かうにはほとんど間を置かなかった。軽快ながらもどこか重く哀しげな最終楽章を叩き終え、男は立ち上がった。「ブラボー！」という声と共に湧き上がり割れんばかりにあふれ出した拍手の中で、男は静かに涙を流しながら一礼し、舞台を後にした。その男の名は、「静夫」といった。

舞台裏では多くのスタッフが「静夫」を拍手して迎えていた。拍手の渦の中、「静夫」はスタッフ達に手を挙げて応え、ブツブツとつぶやきながら控室に向かっていった。

「ねえ、第二楽章、なんで私に替わってくれなかったの？　そうする予定で待ってたのに。」

「それはね、「ジェシカ」、今回が僕の最後の演奏会だったからだよ。最後は、僕だけで弾きたかったんだ。」

「でも、あなたの最後の演奏はこれで不完全なものになった。あの曲の第二楽章には、あんな厳しさは必要ない。あれは私が演奏して初めて完璧なものになるの。こんなことになるなら、最初から替わってくれてたらよかったのに。」

「そういうわけにはいかなかったんだよ。君はまだ三十だ。第一楽章を任せるには若すぎる。」

「ジェシカ」は控室の机に肘をつき、ふくれっ面をした。

「何よそれ。私の第一楽章だって、批評家の皆さんには好評だったじゃない。「瑞々しくて華やかな美しさがある」って。第一、第一楽章って、アレグロ・コン・ブリオ、「速くいきいきと快活に」でしょ？」

「その前に書かれた、グラーヴェ、「重々しく、荘重に」がこの曲の重要なファクターなんだよ。この意味は、まだ君の年じゃ分からない。」

「静夫」は静かにそう言って「ジェシカ」をなだめようとした。しかし、「ジェシカ」はさらに不満を高めたようだった。

「そんなこと言ってたら、私たち死んじゃうじゃない。私にだってあなたと同じ寿命があるのよ。」

　不満たらたらな「ジェシカ」に、「マイケル」が話しかけた。

「まあそう言うなよ、「ジェシカ」。俺なんか最初から「悲愴」の演奏のメンバーに選ばれもしなかったんだぜ。お前よりも手もでかいし、レパートリーも多いのに、ひどいぜ「静夫」。」

「静夫」が「マイケル」をなだめようと口を開きかけた時、控室の扉が開き、マネージャーが花束を持って入ってきた。

「如月先生、最後の演奏お疲れさまでした。今日も見事な演奏でしたね。第二楽章とかは、いつもと違って美しい中にも厳しさがあって、先生の最後の演奏会への想いを感じました。」

一人控室の椅子に腰掛けていた如月静夫は、マネージャーの方に振り返り彼女に微笑んだ。

「沙紀。最後まで本当にありがとう。君の演奏会、これからも聴きに行くからね。次はいつなの？」

「来月のコンクール予選ですね。先生の顔に泥を塗らないように、私頑張ります。」

「そう。頑張って。」

マネージャーが扉から出て行ったのを確認して、「ジェシカ」が口を開いた。

「あなたの「覚悟」ってやつ、お弟子さんには伝わってたみたいね。よかったね「静夫」。」

「そうだね。「ジェシカ」。僕ら演奏家は自分の音楽を理解してくれる者に飢えているからね。一人でもいてよかったよ。これからは君たちの好きな時に、好きな曲を弾くといい。」

「静夫」はそう言って、椅子に深くもたれた。

「世界の「キサラギ」最後の演奏。最後の「キサラギ」は第二楽章に注目。優しい中にも悲壮感あり、これまでとは全く異なる曲調に注目。」

「静夫」は椅子に深く腰掛け、日課の朝のコーヒーを飲みながらブラウザを開くと、ネットニュースにこのように掲載されていた。あの第二楽章は「悲壮」に聞こえたかと、「静夫」が苦笑いをしていると、チャイムが鳴った。「静夫」は寝間着姿のまま玄関へ足を運び、ドアを開けた。そこには数十年来の友人であるゆりかが立っていた。

「おや、ゆりかじゃない。おはよう。」

「おはよう。寝起き？　もう九時だよ。」

「「もう」じゃなくて、「まだ」九時。世の中には朝弱い人間がいるんだよ。」

「……そんなこと言ってるってことは、あなた、「ジェシカ」ね？「静夫」は？」

「「静夫」はまだ燃え尽き症候群。ぼおっとしてるよ。今日は何？　なんか用？」

「いや、特に用って程でもないけど。「お疲れさま」って言いたくて。」

「そう。じゃあ「静夫」、起こしてこようか？」

「いいよ。よろしく言っといて。あと「ジェシカ」ね、女が寝間着姿で出てくるってどうなの？」

「あ、失敗失敗。」

「ジェシカ」はペロッと舌を出した。そんな様子見て、ゆりかはいつ見ても興味深い光景だと思った。

如月静夫の人生には、常に鍵盤があった。物心つかない頃のクリスマスプレゼントはおもちゃのピアノだった。彼は白鍵や黒鍵を叩いては音が出るのに驚き、キャッキャと笑っていたという。物心つき始めた頃に、如月静夫は両親とピアノリサイタルに行き、大きなピアノから発せられる魅惑の調べにうっとりとし、その日のうちにピアノ教室に通いたいと両親にせがんでいた。両親は困り顔をしながらも、近所のピアノ教室に通わせてくれた。

ピアノ教室で先生は如月静夫に何曲か聴かせてくれ、如月静夫をピアノの前の椅子に座らせた。すると如月静夫は先ほど先生が弾いた曲を楽譜も見ずに弾き始めた。

「静夫君、すごいんですよ。まだ楽譜も読めないのに、一度聴いたらもう弾けるようになっちゃったんですよ。」

ピアノ教室の先生は、如月静夫の母親にそう話した。先生と母親がそんな会話をしている間も、如月静夫は先生が聴かせてくれた曲を何度も繰り返し弾いていた。

如月静夫の最初の異変に気付いたのは、やはりピアノ教室の先生だった。練習曲を弾いていると彼女が指導をしていない間も如月静夫はいつも、

「こう？　こう？」

とつぶやきながら同じ箇所を何度も何度も練習していたのである。

「静夫君、いつも満足するまで同じ箇所をずうっと練習しているんです。「こう？　こう？」って言いながら、ずっと。すごい努力ですよね。まるで音楽の女神様に導かれてい

るような、不思議な光景ですよ。」

ピアノの先生はいつも如月静夫の母にそう言って褒めた。如月静夫の母にとって、それは少しばかり不可思議な事実だった。なぜなら、家でピアノを弾く如月静夫は決して同じ箇所を繰り返し練習することなく、黙って次から次へと違う曲を延々と弾き続けていたからである。如月静夫の母にとって、それはまるで何ものかに憑依されたかのようにも見え、少し我が子のことが不安になる光景であった。

私が目覚めたのは、「静夫」がアダージョの曲を練習していた時だった。「静夫」は自分の表現のつたなさ故にこの旋律を御し切れていないことに強い苦悩を抱いていた。私はその苦悩の原因が「静夫」の幼さ故のものであることが分かっていた。なので、この曲を完全なものにするのはもう少し「静夫」が年齢を重ねてからだと言い聞かせた。けれど、「静夫」は私に不平を言ってきた。

「それじゃあ、僕はこの曲が弾けないの？」

「弾けないんじゃないの。「まだ」弾けないだけなの。もう少し大きくなったらちゃんと弾けるようになるよ。」

「やだ。今弾きたい！　君は誰？　どうしてそんなことが分かるの？」

「しょうがないなあ……私は「ジェシカ」。さあ、こういう風に弾いてみて。」

私は技巧的な面から「静夫」に弾き方を教えていった。私が教える度に「静夫」は、

「こう？　こう？」

と繰り返し尋ねながら鍵盤を叩き続けた。私は「静夫」が満足するまで教え続け、「静夫」が家に帰っていくと共に存在が消えていくように感じた。そして「静夫」が母親の元にたどり着いた時、私は消えていた。

次に気がついた時、私は「静夫」の家にあるピアノの前の椅子に座っていた。譜面台には、かつて「静夫」の母の物であったというソナタの曲集が置かれていた。私は譜面を開いて、静かにピアノを鳴らし始めた。ページを開いていく度に新しい光景が目の前に広がり、私は夢中になって次の曲、次の曲と演奏していった。中には「静夫」の手が小さすぎて手が届かない譜面もあったけれど、そういう曲は飛ばして、弾ける曲だけをひとしきり弾き、私は満足してピアノから離れた。ピアノから離れるとまた私の存在が薄くなっていき「静夫」がベッドに入ると共に、私の存在は消えていった。

「ジェシカ」が出現してからというもの、如月静夫のピアノへの情熱と表現力は格段に上がっていった。特に、静かで優しい曲に関していえば、ピアノ教室の生徒の中でも群を抜いていた。この頃から、如月静夫は先生の指導を時折無視するようになっていた。先生の制止を振り切り穏やかに優雅に楽曲を最後まで弾ききることも多くなった。ただ、そんな如月静夫にも、限界があった。それは「オクターブ」であった。当時、如月静夫は弱冠四歳。オクターブは彼の小さな手ではまだ届かなかったのである。彼はオクターブに出くわ

すと常に不満そうに指を飛ばして対応していた。そういうとき彼はいつも、

「なんで？　なんで？」

とブツブツと繰り返すのだった。

俺が目覚めたのは、「静夫」が、

「なんで？　なんで？」

とつぶやいている時だった。俺は「静夫」の右手の動きを見ていた。するとすぐに手がオクターブに届いていないことが分かった。俺は「静夫」に話しかけた。

「ボウヤ、オクターブが届かないのかい？」

「君、誰？　……そうなんだ。どうしても届かないんだ。」

「俺は「マイケル」。いや、お前の指の長さならもう届いてもおかしくないぞ。ほら、俺のいうとおりに指を開いてみな。」

そう言って俺は「静夫」に指の伸ばし方を教えた。「静夫」は最初の内は苦労していたが、すぐにオクターブに手が届くようになった。

「「マイケル」、僕届いたよ！　届いた！」

「よかったな。でも、練習は大概にしとけよ。今のお前のやり方だと、かなり腕と手首に負担がかかる。オクターブの練習は、休み休みするんだ。そうじゃないと怪我してピアノ弾けなくなるぞ。」

「……分かったよ「マイケル」。僕、気をつける。「マイケル」はどれくらい届くの?」

「俺か? 俺はな、十二度は余裕だな。まあ、お前が十分に成長した暁には、見せてやるから安心して成長しろ。」

「マイケル」が目覚めた。その日から、如月静夫はオクターブに手が届くようになった。ピアノの先生は如月静夫の唐突な成長に目を見張った。こんな年端もいかない少年がオクターブに手が届く光景など見たことがなかったからである。この子はやはり他の子とは何かが違う。本当に何ものかによって導かれているようだと、少し畏れを抱いた。如月静夫は「マイケル」の言うとおり、少しずつオクターブの練習をし、そうしている内に一年が経過した。如月静夫は相変わらずピアノのことしか頭になかった。新しく手にした技術を、新しい曲で試したい。新しい曲を通して新しい世界をもっと知りたい。純粋無垢な好奇心が、如月静夫を突き動かしていった。


「静夫」が寝静まった頃、「ジェシカ」と「マイケル」は、「静夫」の今後のことについて話し合った。

「「静夫」、どんどんできることが増えていってる。でも、私たちの存在とピアノ以外のことに興味がないのは問題だと思う。」

「「ジェシカ」、その意見には俺も賛成だ。「静夫」は自分の身でもって、他の世界を知らないといけない。そうじゃないと俺たちの演奏にとらわれてしまって「静夫」本人の世界観ができあがらない。しばらくは俺たちが「静夫」を導いていくのはいいとして、他にも興味を持つよう働きかけよう。」

「そうだね「マイケル」。「静夫」には友情も知って欲しいし、もっと美しい芸術に触れて欲しいし、恋もして欲しい。」

二人はうなずき合って、それぞれ眠りについた。


小学生になった如月静夫は相変わらず常にピアノと向き合っていた。音楽の時間は先生がピアノを弾く姿を見てソワソワし、音楽以外の授業の時もピアノを弾きたくてソワソワしていた。昼休みの時間になると音楽室の鍵を借りに行き、ずっとピアノを弾いていた。このような有様だったので、学校での評価はあまり芳しくなく、学校の通知表ではいつも「もっと落ち着いて行動しましょう」であったり、「もっと音楽以外にも興味を持ちましょう」と書かれてあったりした。そんなことに全く意に介さない如月静夫を、両親は心配していた。その一方で、ピアノ教室の先生から「この子は他の子とは違う。ピアノの道に進ませた方がいい」と強く勧められたこともあり、このまま好きにピアノをやらせた方がよいのではないだろうかとも思っていた。そんな親子の様子を見て、「ジェシカ」と「マイケル」はたまらず、如月静夫が一人でいる時を狙って「静夫」に声をかけた。

「ねえ、「静夫」。ピアノに熱中するのもいいけど、友達とか、欲しくないの？」

「友達はピアノがあるからいい。別に欲しくないし、友達と遊んでるヒマがあったら練習したいよ。」

「気持ちは分かるんだけど、このままじゃダメだよ。今にきっと弾けなくなる。」

「どうして?」

「それはね、ピアノは技術だけじゃ完成しない芸術だからだよ。人との出会いや触れ合い、ピアノ以外の芸術から受ける感情、自然から受ける感情とかから、あなたの音楽はどんどん変わっていくのよ。」

「……よくわかんない。」

「まあそう言うなって。だんだん分かってくるから。と言ってもお前はこれまでほとんど人と話してこなかったから、まずは第一ステップだな。外で走り回っているやつらと友達になるのは難しいだろうから、音楽好きなやつ見つけろ。そして褒めろ。」

「ほめる?」

「今度の音楽の授業で、リコーダー上手い子のところに行って、褒めるんだ。奏でる音楽の善し悪しが分からなくても、とにかく楽しそうに吹いているやつのところへ行け。そして褒めろ。」

「……わかった。やってみる。」

　次の音楽の授業で、如月静夫は自分のリコーダーを口に当て吹くフリをしながら周囲を見渡していた。そうすると、ある女の子がものすごく楽しそうに吹いているのを見つけた。如月静夫はその子のところに近づいていった。すると、その子のリコーダーからは、音符とはかけ離れた音が鳴っていた。どうしてこんなに間違えているのに、この子はこんなにも楽しそうに吹いているんだろうと首をかしげつつ、如月静夫は「マイケル」の言うとおりに女の子の隣に行ってこう言った。

「リコーダーすごく上手だね。リコーダー好きなの？」

「うん。すっごい好きなの。」

その子はにっこりしてこう答えた。

「ふうん。じゃあしっかりがくふを読んで、その通りに吹けばもっと楽しくなるよ。」

「ううん。あたしがくふわかんないから、これでいいの。」

「じゃあ教えてあげるよ。ここはね……。」

そう言って如月静夫はゆっくりと一小節ごとに曲を吹いていった。その女の子はその姿をじっと見て、真似をしていった。少しずつだが確実にそのやりとりは進んでいき、先生が「じゃあ終わります。リコーダー吹くのやめてー。」と声をかけるまでには、女の子は一曲ちゃんと吹けるようになっていた。女の子は満面の笑みになって如月静夫にお礼を言った。

「ありがとう！　こんなに楽しい曲だったんだね。ほんとに楽しかったよ。……お名前、なんていうの？」

「ボクはしずお。きさらぎしずお。きみは？」

「あたしはみく。きむらみく。またリコーダー教えて。」

「いいよ。よかったら昼休み、いっしょに音楽室にいこうよ。」

「うん。いいよ。」

このやりとりを聞いて、「ジェシカ」と「マイケル」はハイタッチをした。

昼休み、如月静夫は未玖を連れて音楽室へ向かった。音楽室へ向かいがてら、「静夫」は「ジェシカ」と「マイケル」にこうお願いした。

「みくちゃんがもっと音楽を楽しめるようにして欲しい。」

「いいぜ。せっかくの友達第一号だ。いっちょ一肌脱いでやるかね。さっきの授業、シューベルトの「鱒」だったよな。あれ、俺が弾いてやるよ。ピアノの前に座ったら、俺に替われ。」

「分かった。」

音楽室につくと、ピアノの前に向かいながら如月静夫は未玖に声をかけた。

「みくちゃん。さっきの授業でやった曲、シューベルトの「鱒」っていう曲だったよね。」

「うん。確か、そんなこと先生言ってたと思う。」

「ほんとはね……こういう曲なんだよ。」

そう言って如月静夫はピアノの前に座り目を閉じ、ふうっと息を吐いた。そして目を開け、鍵盤を叩き始めた。如月静夫の流れるような指使いと美しく跳ねるような音楽に未玖は目を見張り、如月静夫を吸い込まれるように見ていた。演奏が終わり、如月静夫は最後の鍵盤からスッと指を上げ、またふうっと息を吐いた。

「どうだった?」

「すごかった! しずお君、ほんとにピアノ上手なんだね!」

「「ボク」じゃな……」

そう答えた「静夫」に「マイケル」が肘鉄を食らわせた。

「……そうだね。毎日練習してるからね。ねえみくちゃん、もっと音楽好きになってくれた?」

「うん! なんか今までよりもずっと好きになった! 私もピアノ弾けるようになるかな?」

「ピアノ教室とか行ってみたら?」

「うん。お母さんに頼んでみる!」

音楽室から出ようとする如月静夫の手を未玖は手に取った。そして二人は手をつなぎながら廊下を走って教室へと向かった。この日から、如月静夫と未玖は昼休みになると音楽室に出入りするようになった。多くの場合は如月静夫がピアノを練習する姿を未玖が笑顔で見つめていることが多かったが、時には未玖を鍵盤の前に座らせ、簡単な曲を如月静夫が教えたり、未玖のリコーダーを指導したりしていた。そうしている内に、未玖が友達を連れて音楽室に来るようになった。如月静夫はそのたびに一曲披露し、友達を驚かせ、音楽の世界へと導いていった。そしていつしか如月静夫は「友達と一緒にいる楽しさ」に目覚めていった。その頃から、如月静夫の表現に明るく、跳ねるような表情が加わった。曲によっては静かすぎた如月静夫のピアノがみるみるうちに明るくポンポンとジャンプしていく様を見て、ピアノ教室の先生はまたもや驚愕し、また一つ、彼は導かれながら階段を上ったのだと感じた。友達も増え、曲のレパートリーも順調に増え、順風満帆のようにも見えた如月静夫の小学生生活だったが、一つ問題が生じた。それは、「外で走り回っているやつら」の存在だった。如月静夫の友達は女の子が多く、たくさんの女の子達を引き連れて音楽室へ向かっていく如月静夫は彼らにとって羨ましくもあり、疎ましくも感じる存在だったのだ。彼らは口々に如月静夫に向かって言った。

「お前、身体は男でも実は女なんだろ！」

「このおとこおんな！」

「姉ちゃんが言ってたぞ。お前みたいなやつをとらんすじぇんだーって言うんだぞ。」

「このオカマ野郎！」

如月静夫としては、自分が男だろうが、女だろうがどうでもよかったのだが、それを聞いて友達が少し離れていったのには怒りを感じた。どうしてピアノを弾いているだけでこんな言われ方をしないといけないのか？　男がピアノを弾いていることの、どこがおかしいのか？　世界中には男性のピアニストなんて掃いて捨てるほどいるぞ。如月静夫は憮然とした。そしてこの精神状態に拍車をかけるような出来事が、ある日起こった。

その日、いつものように友達と音楽室へ向かった如月静夫は、その中に未玖がいないことに気付いた。如月静夫は友達を音楽室において教室へ戻った。するとうつむいたままじっとしている未玖を見つけた。如月静夫は未玖に声をかけようとした。すると未玖ははっとした表情になり、教室を飛び出していった。

「みくちゃんっ！」

わけも分からないまま未玖を追いかけていくと、未玖は体育館の裏でピタッと止まった。如月静夫は息を切らせて立ち止まり、未玖の顔を見た。秋の透き通るような陽光に照らされ、未玖は、泣いていた。

「みくちゃん、今日はどうしたの？　なんか変だよ。」

「あのね……あのね……お母さんがね、ピアノ教室には行けないって言ったの。「ウチにはそんなお金ありません」って。私、ピアノ見ると苦しくなってきちゃった。」

未玖はそう言ってその場に泣き崩れた。如月静夫は拳を握ってその場に立ち尽くした。如月静夫の心中は理不尽に対する怒りで燃えていた。こんなにも音楽が大好きなみくちゃんから、みくちゃんの親はどうして音楽を奪ってしまうのか？「ウチにはそんなお金ありません」？「ウチ」？「お金」？

「おい「静夫」！　コン・フォーコはそうじゃない。この曲のコン・フォーコにはそんな怒りはいらないんだ。」

「マイケル」に諭され、ハッと「静夫」は気付いた。いつの間にか目に炎を宿らせ鍵盤に怒りをぶつけていた自分がいて、その隣にとても心配そうなピアノの先生と母の姿があった。如月静夫は二人の顔を正面から見つめ、静かにこう尋ねた。

「ねえ、「お金」って何？「お金」がないと音楽はできないの？」

「…………」

ピアノの先生は顔を伏せ、母は困った顔をして、黙りこくった。それに追い打ちをかけるように、如月静夫は問いただした。

「音楽が好きでも「お金」がないと音楽をやっちゃいけないの？」

いつの間にか「静夫」の両隣に「ジェシカ」と「マイケル」が立っていて、「静夫」の肩を抱いていた。しばらく重い沈黙が流れ、ピアノの先生が覚悟を決めたような顔をして、如月静夫の母親に言った。

「お母さん、前からも言っていましたけど、やっぱり静夫君にはピアノの道に進んでもらいたいです。世の中には、ピアノをやりたくてもできない子どもや、ピアノで生計を立てられない大人がたくさんいます。静夫君には才能がある。そして幸いにもピアノを弾く環境にも恵まれています。私の言うことが信じられないなら、私が師事していた先生を紹介します。先生はピアノの演奏で生計を立てていらっしゃる方です。先生に才能を認められれば、お母さんも納得いただけると思いますが、いかがでしょうか。」

如月静夫の母は眉間にしわを寄せ考え込んでいるようだった。

「夫とも相談します。静夫の将来のことだから、慎重に判断しないと。」

判断から逃げるようなことを言う母親に如月静夫は追いすがるように言った。

「僕、ピアノがやりたいよ。お母さん、僕、ピアノがやりたいよ。」

ピアノの先生から紹介状をもらい、如月静夫と母は家路についた。その間、「ジェシカ」と「マイケル」は無言だった。

その夜、如月静夫はテーブル越しに両親と向かい合った。父親は重々しく口を開いた。

「静夫。お前ピアノで食っていきたいって考えてるのか？」

「あなた、その言い方はまだ早いでしょ。」

「いや、今後のことを今から考えていくことは重要だ。道楽でピアノやっていくのと仕事でピアノやっていくのとは全然違う。静夫、お前は、ピアノでお金を稼いでいけると思うのか？」

「また「お金」なんだね。「お金」ってなんなの？「お金」がないと音楽はできないの？」

「そうだ。昔は「パトロン」なんて言ってお金を出して音楽活動に協力してくれる人もいたが、今はそんな時代じゃない。自分が生きていくために「お金」は必要だ。そして「お金」は降って湧いてくるものじゃない。今お前はお父さんお母さんが働いて稼いでくるお金でものを食べ、家に住み、そしてピアノを弾いている。だが、それもお前が大人になるまでだ。大人になったら、自分で生きていくためのお金は自分で稼いでいかなきゃならないんだ。お前に、その覚悟はあるのか？　お前はお前自身の才能にそれだけのものを見いだしているのか？」

「……お金を稼げればいいんだね？　お金を稼げるようになったら、自由にピアノを弾いていいんだね？」

「ああ、かまわない。まずはお父さんにお前の才能を見せてくれ。これからはコンクールとかにも積極的に出て、優勝してみせるんだ。そして大人になるまでに大きな国際コンクールで優勝して賞金をもらえるようになったら、お前がピアニストとして生きていくことを認めてやる。母さんもそれでいいな？」

「……ええ、いいわ。まずはピアノの先生が紹介してくれた先生のところに行きましょう。まずはそれからよ。」

一週間の時が過ぎ、如月静夫は母親と共にピアノの先生が紹介してくれたピアニストの家を訪ねていた。チャイムを鳴らすと、厳格そうな顔をした老人が姿を現した。

「弟子から話は聞いている。入りなさい。」

言われるまま家に入ると、今に大きなグランドピアノが置いてあり、演奏者を待ち構えていた。

「茶は後でいいだろう。まずは弾いてみなさい。手は温まっているね？」

「はい。大丈夫です。」

如月静夫はそう言って、広い鍵盤の前に座った。すると「ジェシカ」が心配そうな顔をして現れた。

「大丈夫？　私が替わってあげようか？」

するとマイケル」が真剣な表情で「ジェシカ」を制止した。

「いや、「ジェシカ」それはダメだ。今回ばかりは「静夫」が乗り越えなきゃならない。」

「二人とも、大丈夫だよ。僕が弾く。」

「静夫」は静かにそう言って、ふうっと息を吐き鍵盤に指を乗せ、ベートーヴェン作曲の「月光」を奏で始めた。母親は終始息子の演奏に圧倒されあんぐりと口を開けていた。老人は、最初は鋭い目つきでそれを聴いていたが、第二楽章に入ると目に驚きが浮かび、第三楽章では図らずも口が少しほころんでいた。演奏が終わり、ふうっと息を吐いた如月静夫を見て、老人は椅子から身を起こした。

「今、茶を沸かそう。聞きたいことがいくつかできた。」

しばらくして三人分の紅茶と茶菓が運ばれ、老人はさっき座っていた椅子にドスッと身を沈めた。

「坊や、今何年生だ?」

「小学六年生です。」

「小六か。今通っているピアノ教室以外に他にピアノ教室に通っていたかね?」

「……?　いいえ?」

「そうか。まあ、子どもにはまだ渋いかもしれないが茶でも飲んで。お母さんも、ほら。」

しばらく居間にはダージリンの香りと沈黙が漂っていた。マドレーヌを紅茶に浸して口に放り込み、老人は黙って咀嚼していた。沈黙に耐えきれず母親が尋ねた。

「先生、息子の演奏はどうだったんですか?」

「…………………」

老人は相変わらず黙っていた。如月静夫はそんな老人に尋ねた。

「先生、先生が今住んでるこの家も、家の前に止まってた車も、ピアノも、楽譜も、先生がピアノで稼いだお金で買ったんですか？」

「こらっ！　静夫っ！　先生申し訳ありません。」

大慌てで息子を叱る母親を見て、老人は急にぷっと吹き出し、大笑いした。

「坊や面白いことを言うね。そうだ。楽譜は一部もらったものもあるがね。この家も、車も、ピアノも私がピアノを演奏して、いただいたお金で買ったものだ。なんだ？　坊やはピアノを金儲けの道具だと思っているのかい？」

「だってお父さんがそう言ったから」

「お父さんがそう言ったから、そう思うのかい？」

「ううん。僕は、ピアノはピアノだと思う。お金のことはよく分からない。」

その答えに、老人はまたぷっと吹き出した。そんな様子をハラハラしながら聞いていた母親が、再び老人に尋ねた。

「それで先生、どうだったんですか？」

「まあお母さん、そう焦らないでマドレーヌでも食べて落ち着きなさい。ウチのお手伝いさんが作ってくれた焼きたてですからね。」

母親は渋々とマドレーヌに手をつけ、一かじりしてすぐに皿の上に置いてしまった。そんな様子を老人はおかしそうに眺めていた。

い。」

「そうか。静夫君か。結論から言えば、君には才能はある。が、私に師事するべきではない。」

「如月静夫です。」

「坊や、名前は？」

如月静夫は静かにカップを置いて老人に尋ねた。

「どうしてですか？」

「君の演奏を聴いて思ったんだよ。まるで三人の演奏者が代わる代わる弾いているみたいだってね。君、楽章ごとに弾き方を明らかに変えているだろう？　まるで他の人間が弾いているみたいに。私はそんな指導はしない。いや、できない。もしかして君の中には三人、人がいるんじゃないかい？」

正直に口を開こうとした「静夫」の両脇を、「ジェシカ」と「マイケル」が小突いた。

「……そんなことないですよ。僕は僕一人です。」

「ふうん。まあ、いいだろう。お母さん、私には未来予知などできない。だから静夫君がピアノで食っていけるかどうかなんて分からない。けれど、彼には才能を感じるよ。他の人には真似できないものを、彼は持っている。もし静夫君をピアノの道に進ませたいのなら、どんどんいろんなところに連れて行ってあげて、いろんなものに触れさせてあげるといい。そうすると、ひょっとしたらこの才能は大化けするかもしれない。」

「そうですか……ありがとうございます。」

母親は深々と頭を下げた。つられて如月静夫も頭を下げた。

帰り道、喫茶店に寄ってケーキを注文しながら、母親は如月静夫に言った。

「すごく怖そうな先生だったね。お母さんビクビクしちゃった。」

「そう？」

ケーキを頬張りながら、如月静夫は答えた。そして砂糖をたんまり入れたミルクティーを飲みながら窓の外をぼんやりと眺めていた。

「「静夫」やったじゃん！　おめでとう！」

「「静夫」よくやった！」

「ジェシカ」と「マイケル」が歓声を上げる中、「静夫」はふうっと息を吐いた。

「本当によかったよ。でもあの先生、なんで僕らのことが分かったんだろう？」

「それはお前、まだお前の曲の完成度が低すぎてバラバラに聞こえたんだろ。それぞれの楽章がよくても、一貫性がないとベートーヴェンの三大ソナタの一角としては語れないからな。」

「そうだね。「静夫」としてやっていくならそれがこれからの課題だね。まあ、私たちならそこのところはそつなくできるから、替わってくれてもいいんだけど。」

「そうだね。僕はピアノを自由に弾くために、お金を稼がなきゃいけない。これからもいろいろと教えてよ。僕も頑張るから。あ、でも僕が弾く時は僕一人に聞こえないといけないんだよね。これはどうしようかなあ。」

　その時、これまで聞いたことのない声が聞こえてきた。

「じゃあこれからは、僕の出番かな。」

「君は誰？」

「僕は「柊《ひいらぎ》」。君の一貫性は僕が保ってあげるよ。あと、「静夫」。才能が認められたとはいえこれからは、先生が言っていたとおりいろんなところに行っていろんなものを経験していかなくちゃいけない。そのために親に甘えることも必要だよ。そういうことの役は僕がやろう。君はひたすらに「ジェシカ」や「マイケル」から技術を学び取って、僕が両親から引き出したものを全部吸収してくれればいい。」

「それはありがたい。俺たちじゃどうしても曲調に偏りがでちまうからなあ。「柊」、よろしく頼むよ。」

「そうだね。「柊」、よろしくね。」

「はい、任されました。」

「……静夫？　……静夫」

　気がつくとミルクティーはほとんどなくなり、ケーキは食べてしまっていて、正面には心配そうな母親の顔があった。如月静夫はにっこり笑って、

「大丈夫だよ。お母さん、今日はありがとう。これから僕、頑張るからね。」

と言った。

　その日から、如月静夫はたまに両親に甘えるようになった。ある時はあの美術館に行っ

てみたい、ある時はあの景色が見てみたい、とせがむようになった。両親はこれまでピアノにしか興味が向かなかった我が子の変化に少し驚き少し喜びつつ、如月静夫をいろいろなところに連れて行った。如月静夫は様々な驚くべき光景を目にした日の夜は決まって、ブツブツつぶやきながらピアノに向かっていった。「静夫」の奏でる音楽は、「柊」に導かれより一体感を増し、曲としての完成度を高めていった。

中学生になり、如月静夫は様々なコンクールに出るようになった。そしてコンクールの度に「静夫」と「ジェシカ」と「マイケル」は交互に入れ替わり、次々と優勝をその手にしていった。「如月静夫」というピアニストの名は、徐々に音楽界以外からも注目を集めるようになり、ある時、テレビ局から取材依頼が来た。国内のピアノコンクールを総なめしている新たな天才・如月静夫の私生活を密着取材したいというものだった。両親はこの取材を快諾したが、如月静夫の心中は複雑だった。自分の実力が認められたから取材が来たというよりは、「中学生」である自分がものめずらしいから取材に来たような気がしたからである。取材班は如月静夫が家を出るところから取材を始め、学校で過ごしている場面、昼休みにピアノの練習をしている場面と進んでいった。最後はテレビ局内でタレントとの対談が行われた。どっちを向いて話せばいいんだろうと「静夫」がオロオロしていると、「柊」が言った。

「ここは僕が出よう。これからの「如月静夫」の行く末を占う上で重要な場面だからね。」

「さあ、ご登場いただきましょう。日本ピアノ界の新たなる天才、如月静夫君です！」

イエーイ！　パチパチパチパチ！

「初めまして、如月静夫です。」

「落ち着いてるねえ。緊張とかしないの？」

「もちろんしてますよ。もう心臓がはち切れそうです。憧れの女優さんにも会えましたし、すごくうれしいです。」

「へえ！　誰に会いたかったの？」

「えっと……ちょっと恥ずかしいんですけど、柚月えりかさんです。」

「本当？　すごくうれしいです！　ありがとうございますう。」

「えりかちゃんに会いたかったんだ。どう？　実際会ってみて。」

「ヤバいです。すごく綺麗で、すごく可愛いです。」

「可愛い！　ありがとう！」

如月静夫は恥ずかしそうな笑みをカメラの前で見せた。そして話はピアノ演奏の話に移っていった。

「……それで、如月君はピアノ弾いてる時はどんな感じなの？　なんか噂では、コンクールごとに曲調？　が違ってまるで別人が弾いてるようだって言われてるみたいだけど。」

「そうですね。毎回同じ曲調だと飽きられてしまうかなって思って毎回変えてます。まだまだ勉強不足で、作曲家の方々の真意は理解できてなくて……とても歯がゆいですね。」

「ほお、作曲家の真意ね。でも作曲家ってもう亡くなっている人多いじゃない？　真意なんて分かるもんなの？」

「……いつかはたどり着きたいと思っています。多分他の演奏者の方も、同じ願いを持っていると思いますよ。」

「ほおーそうですかあ。えりかちゃんどう？　話聞いてて。」

「なんか私よりも考えてることが大人だなあって感心しますよね。私なんか作曲家の考えなんて関係なしでカラオケとか歌っちゃいますし。」

「いや、カラオケは自由にやりゃいいでしょ。俺なんかメロディーも気にしないね。」

アハハハハハハハハ……

「……で、おお、今日は如月君が一曲弾いてくれるらしいですね。それでは如月君、曲の紹介をお願いします。」

「はい。曲はリストが作曲した「ラ・カンパネッラ」です。」

「あっ、俺知ってる！　白くて伸びるやつだよね。」

「それはモッツァレラだろ。はい、如月君準備をお願いします。」

アハハハハハハハハ……

如月静夫は静かに笑いながら、鍵盤の前に立った。

「さて、お膳立てはこれでいいだろう。おお、ちゃんとスタインウェイ用意してるじゃない。さすがテレビ局。お金持ってるねえ。で、誰が弾く?」

「もちろん私。「ラ・カンパネッラ」は十八番だからね。」

「いいね。「ジェシカ」の「ラ・カンパネッラ」俺も久々に聴きたい。」

「僕は弾きたいなあ。」

「まあ「静夫」。ここは僕も、意外性で脚光を浴びるという点で「ジェシカ」に賛成だな。中学生の男の子がこんなに女性らしくて艶めかしい演奏するの? 的なインパクトを与える意味で。」

「そっかあ……残念だけど、じゃあ、「ジェシカ」よろしくお願いします。」

はあっと一息はいて、「ジェシカ」は「ラ・カンパネッラ」を弾き始めた。鍵盤の上で指が躍り、スタジオ中を艶やかで美しい音色が響き渡った。最初は好奇の目で見ていたスタジオの出演者達だったが、徐々に「ジェシカ」の「ラ・カンパネッラ」が紡ぎ出す官能の世界に引き込まれ、目を見開き、口を半開きにして如月静夫を見つめていた。演奏が終わっても、何者も何事も口にすることはできなかった。

「………いやーっすごかったですね。君、本当に中学生?」

「はい。中学三年生です。「ラ・カンパネッラ」を弾ける中学生は、僕だけじゃないですよ。」

「いやいや、ほんとすごかった。もう指どうなってんのって思ったわ。あと色気! えりかちゃんどうだったこの色気。」

「いや、もう、ほんとすごかったです。中三の男の子でこんな色気出されたら、私押し切られちゃうかも。」

「ホントですか？　じゃあ次の機会があったら、僕、柚月さんのためだけに弾きますよ。」

オオオオオオオオオオオオオオオ
「どうしよう！　可愛い！」

アハハハハハハハハ……

「えりかちゃんよかったね。じゃあ最後に如月君、今後の抱負をお願いします。」

「はい。大きなことが言えなくて申し訳ないんですが、僕はこれからもピアノに寄り添って生きていきたいです。ピアニストの先輩方、作曲家の皆様、こんな僕ですがどうかご指導ご鞭撻の程、よろしくお願いします。」

「謙虚だねえ。俺が中三の時とは大違いだ。では、如月静夫君ありがとうございました！」

パチパチパチパチパチパチ！

撮影が終わり、出演者が皆帰り出すまで、如月静夫は現場にとどまった。そして一人一人に丁寧にお礼を言って回った。大半の出演者は「ああどうも」か「これからも頑張ってね」としか言わなかったが、柚月えりかだけは違っていた。彼女は如月静夫の手を両手で包み込み、にっこりと微笑んだ。

「今日の演奏、本当に感動しました。これからも頑張ってくださいね。」

「ありがとうございます。いつか柚月さんのためだけに弾きますって言ったの、あれ本気ですからね。」

「あはは、やだ、可愛い！」

柚月えりかはそう言って小さな紙を渡してきた。そして如月静夫の耳元でささやいた。

「これ、私のアドレスだから、登録しておいてね。」

そして手を振り去って行った。

「どうよ？　私の「ラ・カンパネッラ」の威力。今をときめく若手女優からアドレスゲットだぜ！」

「ほんと、「ジェシカ」様々だね。テレビでの反応もこれなら上々だろう。……なあ、「静夫」、こういうのまた来たら、僕に任せてくれよ。上手いことやるから。」

「いいよ「柊」。僕じゃとてもあんな対応はできなかった。ありがとう。」

「あ、でも柚月えりかとは「柊」頼りじゃなくて「静夫」がなんとかしなさいよね。」

「え？　なんでさ？「柊」なら上手くやってくれると思ってたのに。」

「それじゃ僕の苦労が水の泡。せっかくできたコネクションだよ？「静夫」が上手いことつないでくれなきゃ「静夫」に何の影響も与えられないじゃないか。」

「そうそう。次弾くまでにちゃんと私の表現力、身につけなさいよね。」

「はあい。お二人とも、分かりました。でも、次は国際コンクールだね。もっと練習しないと。」

「そうだな。今度の国際コンクール、予選は俺がやるから、本選は「静夫」、お前がやれ。」

「……わかった。頑張るよ。このコンクールでお父さんを必ず納得させる。」


如月静夫は高校生になった。テレビ出演のおかげで高校では、如月静夫は注目の的だった。入学当初から人だかりができ、そのうちの何人かとは友達になった。如月静夫の友人は、何かしら特別なものを持っている者が多かった。中には中学時代に自殺未遂をした者や、中学時代から煙草を吸い、煙草の素晴らしさを語ってくれる者もいた。如月静夫は友人達から様々な影響を受け、それを演奏に昇華させていった。「ジェシカ」と「マイケル」は交互に「静夫」をさらなる高みへと導き、「柊」は時折組まれる如月静夫特集に対応していった。そんなある日、高校に音楽の講師がやって来た。

彼女は音大のピアノ科を出て、音楽教師を目指しているらしかった。音楽室からは時折、彼女の演奏している音楽が聞こえてきた。ある日如月静夫はそれを聴きながら、音楽室の扉を開いた。

「いつも聞こえてくると思ったら、やっぱり佐々木先生だったんですね。さすが音大卒。上手いっすね。」

「誰かと思えば噂の「如月君」じゃない。どうしたの？」

「いや、ピアノ借りようかなあって思って来たんですけど、お邪魔しちゃいましたね。すんません。」

「ううん、大丈夫。私ももう終わるから、使っていいよ。」

「いや、よかったら佐々木先生の演奏、もっと聴かせてもらえませんか？」

「えー、如月君に聴かせるとなると緊張しちゃうなあ。」

講師は笑って演奏を続けた。彼女の演奏には芯の通った美しさがあった。だが、演奏のつたない部分や表現の足りない部分があり、せっかく美しく通った芯を乱してしまっていた。如月静夫は目を閉じて彼女の演奏に耳を傾けていた。

「なあ、「静夫」、どう思う？」

「どうって「マイケル」、惜しいなあって。」

「どうだ？　ここで佐々木先生を指導してみるってのは？」

「「マイケル」アンタ、何考えてんの？」

「まあまあ「ジェシカ」、見てなって。「静夫」もちゃんと見てるんだぞ。」

「マイケル」はそう言って講師の方へ歩いて行った。そして如月静夫は講師の方の後ろから声をかけた。

「そこ、佐々木先生そこはもうちょっと丁寧に弾いてみて。」

彼女はぎょっとして如月静夫の方を見た。

「あぁびっくりした！　如月君突然やめてよ。」

「ごめんごめん。で、そこの部分だけど、一回俺に弾かせてよ。」

如月静夫はそう言って講師の背中越しに腕を伸ばし、先ほど彼女が奏でていた旋律をより美しく丁寧に奏でた。

「ね？　こうした方が綺麗に次の表現に繋がるでしょ？　佐々木先生のやり方もそれはそれで綺麗なんだけど、全体から見れば先生の弾き方だとブレが出るんだよね。」

「ほんとだ。さすが如月君だね。」

「ねえ佐々木先生。今度今日みたいにピアノ弾く時があったら教えてよ。俺も、誰かの演奏聴くのってすごく勉強になるし、今日みたいなアドバイスもできたら先生の役に立てるかもだし。」

「……そうだね。私も誰かに聴いてもらった方が上達できるかもね。」

「でしょ？　じゃあ佐々木先生、今度の時は俺に教えてね。」

そう言って如月静夫は音楽室を去って行った。


「マイケル」は親指を立て、「静夫」を見た。

「とまあ、こんなもんよ。」

「こんなもんって……これからどうすんのさ。あんな約束しちゃって。」

「いや、なかなかどうして、これはいい機会だぜ。「静夫」、お前は佐々木先生の演奏を通して自分の演奏に向き合うんだ。彼女は仮にも音大卒。必ず見えてくるものがあるはずだぞ。」

「そう……「マイケル」がそう言うならそうするけど。なんか他に隠してない？」

「いや、この後の展開は、お前次第だから。」

「マイケル」は笑って「静夫」の肩を叩き去って行った。

　国際コンクールの予選が近づき、「マイケル」はより頻繁に現れて、ピアノを弾くようになった。その合間を縫うように、「ジェシカ」が「静夫」の練習に付き合った。「マイケル」はどうやら予選にショパンの「革命のエチュード」を持ってくるようだった。学校の音楽室で「マイケル」が「革命」を弾いていると、例の講師がいつも見に来ていた。そんなことはお構いなしに「マイケル」は演奏を続け、終わると共に如月静夫は振り返り、講師がいるのにびっくりするのだった。


「いよいよ明日が予選だね。「マイケル」、緊張してない？」

「するわけがないだろ。この俺様が予選落ちなど、ありえんことだ。」

「相変わらず自信家だこと。うっかりミスタッチなんかしないでね。「静夫」と私たちの将来がかかってるんだから。」

「分かってるって「ジェシカ」。さあ、もう寝るぞ。「静夫」お前もちゃんと寝て、明日の俺の演奏ちゃんと見とけ。」

「うん分かった。お休み「マイケル」。」

コンクール予選当日、如月静夫は一人で会場へと向かった。不思議と何の緊張もなかった。他の演奏者の演奏を聴くともなしに聴いていた如月静夫は危うく眠りに落ちてしまいそうになった。気付くと、如月静夫の順番が回ってきていた。如月静夫はほおっと息を吐き、鍵盤を押し始めた。するとまるで紅の炎の渦があふれ出すような調べが繊細にしかし激しく会場中を焼き焦がしていった。「静夫」は何かを悟ったかのように演奏する「マイケル」の姿をじっと見つめていた。「マイケル」はどうしてあんなにも静かな顔であんな表現ができるのだろう？「マイケル」にはどんな世界が見えているのだろう？　何か摑めそうで何も摑めないまま、「マイケル」の演奏は終わってしまった。

舞台袖から降りると、「マイケル」は「静夫」にウインクして笑いかけた。

「まあ、ざっとこんなもんだ。「静夫」、本選外すんじゃねえぞ。」

「分かったよ「マイケル」。ねえ、「マイケル」は演奏中何を見ているの？」

「俺の場合見ているというか繋がってるんだよなあ。「ジェシカ」もそうだぜ。「静夫」は……まだダメか。」

「「繋がってる」？　何と？」

「それは秘密。お前もいつか繋がれるかもなあ。」

会場から出ると、例の音楽講師が如月静夫を待ち構えていた。

「予選お疲れさま。すごい演奏だったね。他の人とは大違い。情熱的で、でもクラシカルで繊細で、本当に同じピアノかって思うくらいだった。」

「ありがとう。何、佐々木先生見に来てたんだ。」

「そりゃあ、予備予選で落ちちゃっても予選見に来る権利くらいあるからね。」

「なんだ、先生も受けてたの？　言ってくれればよかったのに。」

「だってピアニストとしてはライバルだからね。よおし。今日は前祝いになんか奢ってあげよう！　何がいい？」

「前祝いって……俺はそんな楽観的じゃないですよ。でも、お言葉に甘えようかな。脳みそフル回転だったから、甘いもの食べたいです。」

「なあにそれ可愛い！　それじゃあ先生がパンケーキ奢ってあげよう。」

その日のパンケーキはとても甘く、講師はずっと笑顔だった。そして数週間後予選の結果が発表され、如月静夫は本選出場が決まった。

本選前日まで、如月静夫はずっとピアノに向き合っていた。学校では講師と一緒に表現方法についてああでもないこうでもないと議論し、家では「ジェシカ」と「マイケル」と夜遅くまで技巧と表現について語り合った。限られた時間はあっという間に過ぎ、本選会場へ向かう日がやって来た。空港に向かう道中、如月静夫の父親はどのコンクールで優勝してもこれまで何も言ってこなかったことを詫び、本選優勝を祈念していることを伝えた。如月静夫にとってはそれで十分だった。如月静夫は両親に別れを告げ、本選の地へと降り立った。片言の英語で会場とホテルを探り当て、ホッと一息ついた如月静夫は、「ジェシカ」「マイケル」との本選前最後の会話を行った。

「ねえ、「ジェシカ」、「マイケル」。君たちの表現はどこから来てるんだい？　どうして君たちは何かが分かっているような顔をして演奏ができるんだい？」

「「何かが分かっているような」じゃなくて、分かってて演奏しているのよ。私たちは「繋がって」いる。私たちはそれに従って私たちなりに演奏しているだけ。」

「「繋がっている」だって？　なんか前も聞いた気がするけど何なのそれ？」

「まあ「静夫」には分かんないか。」

「僕には分からない？　じゃあ本選も「ジェシカ」か「マイケル」が演奏すればいいんじゃない？」

「そうじゃないんだよなあ。「繋がって」いようがいまいが、自分自身の表現ができていないと、「音楽」にならないんだよなあ。」

「……なんか分かるようで分からないなあ。これまで話してきた中で、今回の曲の作曲家の真意は、僕には分かっているんだろうか？」

「多分私たちとの会話から伝わっていると思うよ。後は「静夫」がどう表現するかだけ。別にこれまでの練習通りにしなくてもいいんだからね。その場のインスピレーションに任せてもいいんだから。」

「分かったよ。要は出たとこ勝負ってことね。」

本選当日、如月静夫は他の演奏者の演奏を聴くともなく聴いていた。予選とは違ってどの演奏者も秀逸な演奏をしていたが、なんとなく、ピアノがくぐもった声を上げているように感じた。そして如月静夫の出番がやって来た。如月静夫はふうっと息を吐き、最初の和音を奏でた。するとその時、ピアノがくぐもった声で「もっと唄わせてくれ！」と叫んでいるのが聞こえてきた。如月静夫はピアノの叫びに合わせて和音を重ねていった。するとピアノは他の演者が出すことのできなかった透明で美しく、堂々たる音色を響かせ始めた。如月静夫は上機嫌になったピアノの調べに合わせ、英雄の姿を具現化したかのような演奏を終え、席を立った。

結果発表まで、瞬きするほどの間しか時間がないように感じられた。そして、如月静夫は弱冠十六歳にして、初めて国際コンクールの覇者となった。十六歳は当時の史上最年少記録だった。メディアはこの快挙を大きく取り上げ、「如月静夫」の名は一夜にして全国に広まった。

帰国した如月静夫を待っていたのは、涙を浮かべながら駆け寄る両親の姿だった。

「よくやったな静夫。」

「よかったねえ。日頃の努力が実ったねえ静夫。」

「父さん、母さんありがとう。僕、やったよ。賞金も三百万円だって。父さん、これで僕を認めてくれる？」

「認めるも何も、お前はもう巷で天才扱いされているよ。このまま邁進していくといい。

父さんも応援しているよ。」

　翌日、学校へ行くと、友人達が駆け寄ってきて如月静夫を祝福してくれた。

「やったなあ静夫！　お前ならやると思ってたよ。」

「もう「世界のキサラギ」だなこりゃあ。」

「「世界のキサラギ」なんて大げさだよ。まだまだプロとしてやっていかないといけないことが多分山ほどあるんだから。」

　昼休み、いつものように音楽室へ向かうとピアノの調べが聞こえてきた。ああまたやってるなと思いながら扉を開くと、突然頭を押さえられ、柔らかいもので視界を塞がれた。

「おめでとう！　如月君、本当におめでとう！」

「佐々木先生、胸当たってます胸が。」

「あ、ごめん。」

　回していた腕をほどき、満面の笑みで講師は如月静夫を見つめた。如月静夫はどぎまぎしながら、その笑みを受け止めていた。

「ねえ、最年少優勝者さん。」

「なんかくすぐったいんでその呼び方やめてください。なんですか？」

「今週の週末、ピアノリサイタルがあるんだけど、一緒に聴きに行かない？　演目面白そうだから。」

「そうなんですか？　じゃあせっかくなんで。」

「よかったあ。そう言ってくれると思ってもうチケット買っちゃってたんだよねえ。あ、あと私の任期が終わるまで、如月君にご指導いただきたいんだけど。」

「『ご指導』なんて、やめてくださいよ。でも、いいですよ。俺、佐々木先生の演奏好きなんで。」

「うれしいなあ。週末楽しみにしてるね。」


「さて、『最年少優勝者』君。」

「『柊』までやめてくれよ。何?」

「これからどうするかなんだけど……せっかく手に入れたネームバリューを活かさない手は無いと思うんだよね。多分マスコミもちょっとずつなら取り上げてくれると思う。つまりは営業していくってことさ。あるいは、音大に行くか。」

「音大かあ……費用がかかるからなあ。できれば高校卒業したら早速活動したいんだけどなあ。」

「それなら尚更、今から活動しておくのがいいと僕は思う。君は今、誰にも師事していない状態だ。つまり音楽界においてコネクションが全くない状態なんだ。これじゃあ入り込めない。それに安定した顧客も必要だ。いくら技術があっても演奏会で聴いてくれたり、CDとかを買ってくれたりしてくれる人が一定数いないと、ピアニストとしてはやってられない。」

「うーん。好きな音楽を好きなように弾けるようになるには、音楽以外にもいろいろ考えなくちゃいけないんだなあ。」

「おうおう。最年少優勝者様は大変だねえ。コネクションなら、あるんじゃないか？　まず柚月えりか。それと佐々木先生。」

「その手があったか「マイケル」さすがだね。「静夫」、柚月えりかに連絡取ってみたら？彼女ならネームバリューあるし、どこかで紹介でもしてくれれば突破口ができるかもしれないよ。」

「そうだね。ちょっと連絡取ってみようかなあ。」

「静夫」がメールの文を考えていると、一件のメールが届いた。それはなんと、柚月えりかからだった。

「如月さん、コンクール最年少優勝おめでとうございます！　如月さんのピアノ、もっと聴きたいんで今度、学校終わりに時間もらえますか？」

「静夫」は慌てて返信した。

「わざわざありがとうございます。もちろんです。柚月さんはいつが空いていますか？」

「じゃあ、来週の月曜日でどうですか？　店は決めてあります。ちゃんとグランドピアノおいてる店ですよ。」

「是非お願いします。では、来週の月曜日によろしくお願いします。」

約束の週末、如月静夫はコンサートホールの前でぼんやりと人混みを眺めていた。「ピアノリサイタル」としか聞いてなかったけど、これだけ人が集まるということは、有名な演奏者なんだろうなあと他人事のように考えていると、女性の一団が声をかけてきた。

「あの、もしかして如月静夫さんですか？」

「そうですけど……？」

「ニュース見てました。最年少優勝おめでとうございます！」

「おめでとうございます！」

「ありがとうございます。」

如月静夫は頭の後ろをかきながらお礼を言った。ちょっとした有名人みたいだと少し気恥ずかしく思った。そんな「静夫」の姿を「ジェシカ」と「マイケル」は微笑ましく見守っていた。そうしていると、講師がやって来た。

「ごめん遅くなって。」

「いえ、俺も今来たとこです。じゃあ、行きましょうか。」

二人はホールに足を踏み入れた。今回のリサイタルは大ホールではなく小ホールで行われるようだった。如月静夫と講師は並んで椅子に腰掛けた。講師からは優しい花のいい香りがした。

「佐々木先生、今日香水つけてます？」

「あ、気付いた？　うん。休日はつけてるよ。」

「すごいいい匂いです。」

「ありがと。」

そんな話をしていると、照明が落とされ、一人のピアニストが会場に入ってきた。その人物は、如月静夫の才能を見抜いた、あの老人だった。思わず声を上げそうになった如月静夫を尻目に、老人は一礼して席についた。その老人のピアノは、一本の苔むした巨木のようだった。確実に年輪を刻みつけ、大きく、まっすぐにそびえる幹を思わせる演奏に如月静夫は吸い寄せられていった。演奏が終わり、老人が一礼した時、如月静夫は思わず立ち上がって拍手をした。老人が去って観客が帰り始めるまで、如月静夫は席に座ることもできなかった。

「如月君？　……如月君！」

講師の声ではっと気付いた如月静夫は、講師に向かってこう叫んで席から走り出した。

「佐々木先生、ちょっと外で待っててもらえますか？　俺、控室に行ってきます。」

「関係者以外立入禁止」と書かれたポールを無視して控室の前に立ち、コンコンコンとノックすると、中から「どうぞ」という声が聞こえてきた。如月静夫はドアを開けた。そこには幼かったあの頃と全く変わらない、矍鑠とした老人が椅子に座っていた。

「先生、お久しぶりです。僕です。如月静夫です。」

「……ああ、あの時の坊やか。大きくなったなあ。そういえば国際コンクールで優勝したんだって？　おめでとう。」

「ありがとうございます。先生が僕の才能に気付いてくださったから今の僕がいます。本当に、ありがとうございます。」

「お礼を言ってくれるのはうれしいが、あの時も言ったように、私は君がピアニストとして食っていけるかどうかは保証できないよ。コンクールだって昨今たくさんあるし、それだけたくさんの優勝者がいる。これからだよ静夫君。」

「はい。先生の言葉を胸に、これからも頑張ります。」

如月静夫は感涙を流しながら、控室を後にした。廊下を歩いていると、「柊」が声をかけてきた。

「何だ「静夫」。あるじゃない。音楽界のコネクション。大いに活用しようよ。」

「「柊」、気持ちは分かるんだけど、あの人は僕の恩人なんだ。だから利用する対象じゃない。あの人が自ら僕のことを紹介してくれるのは何の文句もないけど、僕があの人を利用して名声を得ようとすることは、僕は絶対にしたくないんだ。」

「そうか。まあ「静夫」が反対ならこの案はボツだな。」

「ありがとう「柊」。分かってくれて。」

会場を出ると、講師が心配そうに待っていた。

「如月君どうしたの？　急に飛び出して行っちゃって。」

「今日のピアニストの方、僕にとっての恩人だったんです。なので挨拶せずにはいられなくて。すいませんでした。」

「別に謝らなくていいよ。それよりさ、時間も時間だし今日晩ご飯でも一緒にどう？奢ってあげるよ。」

「本当ですか？　やった！　じゃあ親に連絡取りますね。」

講師は如月静夫を一軒のビストロに案内していった。どうやら講師の行きつけらしく、ビストロの主人と仲よさげに話をしていた。

「……それでね。こちらが如月静夫君。例のピアニストだよ。」

「如月静夫、ねえ。……ああニュースでやってたねえ。国際コンクールで最年少優勝者だとか。あんた、すごいんだねえ。」

「そんなことないですよ。今日も先輩ピアニストに衝撃を受けてきたばっかりですし。」

「そうなんだね。まあ優勝したからっておごり高ぶらずに先輩ピアニストからどんどん吸収していくといいよ。真緒ちゃんからもね。」

「私？　私はもう吸収されることなんてないですよお。逆に教えてもらってるくらいだし。」

「そんなことないですよ先生。俺、先生からもいろんなことを学びましたよ。」

「だってさ。よかったねえ真緒ちゃんピアノ続けてて。こんないい生徒さんにも恵まれてさ。」

　講師はどんどん酒を注文し、どんどんグラスを空けていった。如月静夫はだんだん上気していく講師の横顔を見ながら、ウーロン茶を飲み、食事に舌鼓を打った。

「意外だったな。佐々木先生が酒豪だったなんて。」

「コラそこ、「佐々木先生」なんて呼ばないの。休日気分が台無しじゃない。「真緒」って呼んで。」

「いやそれは無理。せめて「真緒さん」で。」

「しょうがないなあ。まあいいとしましょうか。静夫君、そろそろ出ようか。」

「そうしましょう。真緒さんかなり酔ってるし。」

「毎度毎度、しょうがない子だねえ。如月君、肩貸してあげな。」

「了解しました。ごちそうさまでした。」

帰り道、講師はいろんな話をしてくれた。自分がピアニストを目指した話やそれを諦めて音楽講師をしようと決心した話。最近別れた彼氏の話…………………

「……それで、静夫君には彼女いるの？」

「いませんよそんなの。俺はピアノがあればいいですから。」

「そんなこと言ってると、せっかくの才能が台無しになっちゃうよお。青年はもっと青春しないと。人生経験も、ピアノには大切ですよお。なんなら、私が教えてあげよっか？」

「真緒さん酔っ払いすぎ……」

如月静夫が肩を支え直した勢いで、講師は如月静夫の唇を奪った。如月静夫は呆然として、しばらく彼女のされるがままにしていた。そうすると、講師は如月静夫の唇から唇を離し、如月静夫を見つめてきた。

「ねえ、終電まで時間あるから、ちょっと付き合ってよ。」

「付き合うって、どこ行くんですか？」

「あそこ。」

　彼女が指し示した先には、ラブホテルがあった。如月静夫は唖然としながら、彼女に手を引かれ、部屋に入っていった。

「真緒さんヤバいって。俺、十六ですよ。未成年ですよ。」

「そんなのバレなきゃいいだけだよ。それよりも、ね？　服、脱がせて。」

　如月静夫は彼女の言われるまま、彼女の服を脱がせていった。色白で豊かな胸が、目の前に現れた。

「ふふん。ピアノの腕は一級品でも、こういうのは全然みたいだね。」

「全然も何も、俺、初めてだよ。」

「そうなんだ。じゃあお姉さんが静夫君の童貞奪っちゃおう。大丈夫、ちゃんとリードしてあげるから。」

講師はそう言ってまとめていた髪をばらりと解き放ち、如月静夫に覆い被さった。そして如月静夫はこれまでの人生で一度も味わったことのない官能のひとときを過ごした。

　事が終わり、しばらく二人でベッドに横になっていると、急に講師が頭を抱え泣き出した。

「え？　真緒さんどうしたの？　頭痛いの？」

「違うの。そうじゃなくて。酔いが覚めてきたら自分がやってしまったことに気付いて。静夫君、このことは誰にも言っちゃダメだよ。誰かに見られてもダメ。静夫君の人生が台無しになっちゃう。」

「誰にも言いませんよこんなこと。それにまだ俺の知名度なんて全然だし、こんなのスクープするやつなんていませんって。だから、お願いだから泣き止んでください。」

如月静夫はそう言って講師を抱きしめた。講師は如月静夫の胸の中でしばらく嗚咽を漏らしていた。

「真緒さん、そろそろ帰りましょう。終電なくなっちゃいますよ。」

「……そうだね。帰ろう。」

如月静夫は服を着て、部屋から出ようとした。すると講師が如月静夫をもう一度ぎゅっと抱きしめた。

「私、静夫君のこと応援するからね。絶対有名になってね。」

「うん。俺、頑張るよ。」


「祝！「静夫」脱童貞！　おめでとう！」

家に帰ると「マイケル」が歓声を上げた。

「「マイケル」、さてはこうなること予想してたな？」

「いやいや、これは「静夫」が招いたことです。俺は無関係。」

「本当にスクープされないといいけど。それにしても「静夫」がついに童貞捨てたかあ。私、狙ってたんだけどなあ。」

「それは「ジェシカ」、物理的に不可能だよ。それよりも、今後のことを考えよう。まずは月曜日の柚月えりかだ。この機会は絶対にものにしたい。」

「そうだね「柊」。このチャンスは逃したくないね。」

「そうと決まれば、「ジェシカ」、君に頼みがある。」

「私に？　なあに？」

「明日の日曜日、いやもう今日か、「静夫」に前弾いてくれた「ラ・カンパネッラ」とリストの「愛の夢」を教えてやって欲しい。徹底的に。」

「いいけど、なんで？」

「もちろん柚月えりかに聴かせるためさ。今回は、「静夫」の「ラ・カンパネッラ」と「愛の夢」で行きたいんだ。これは想像でしかないけど、柚月えりかは「静夫」を自分の友人にしたがっている。あるいは、他の人に勧めたがっている。「如月静夫」を売り出す絶好のチャンスだ。」

「なるほど。「静夫」、明日、いやもう今日か、覚悟しなよ。お手柔らかになんてしないからね。」

「……はい。頑張ります。」

日曜日、如月静夫はピアノの前に座っていた。そして何かに憑かれたかのように「ラ・カンパネッラ」と「愛の夢」を練習し続けた。練習しながら如月静夫は、

「こう？　こう？」

と終始ブツブツつぶやいていた。両親はこの懐かしい光景を少々いぶかしげに見つめていた。そして、月曜日がやって来た。

月曜日の昼休み、如月静夫はいつものように音楽室にいて、講師の指導を行っていた。

「だからね、先生。このパッセージはもっと力強く演奏すると、まとまりがよくなるんだよ。」

「なるほど……本当だ。相変わらずすごいね如月君。」

講師がそう言って如月静夫の方を向くと、優しい花の香りがふわっと漂ってきた。

「……先生、今香水つけてる？」

「昼休みだけね。静夫君にだけ、特別だよ。」

二人はキスしそうなくらい顔を近づけ、にっこりとした。

放課後、如月静夫は指定された場所で、ぼおっと突っ立っていた。これから何が起こるのかなあと他人事のように考えていると、一台の車が如月静夫の前に止まった。ぼんやり見ていると窓が開いて男性がこう言った。

「如月静夫君ですね。柚月えりかのマネージャーです。柚月えりかのところへ案内しますので、車に乗ってください。」

　このパターンはひょっとしたら誘拐されるヤツかもしれないなあと他人事のように考えながら、如月静夫は車に乗った。車のガラスは黒く、中が見えないようになっていた。しばらく乗っていると、車が止まり、運転席から先ほどの男性が声をかけた。

「着きましたよ。降りてくださ い。私も気をつけますが、くれぐれも誰かに見られないように、自然にサッと入ってくださいね。」

　自然にサッととはどうすればいいのだろうと首をかしげ、如月静夫は「自然にサッと」店内に入っていった。店内は狭く、グランドピアノが一台と、席が一席だけ設けられていた。そしてそこに柚月えりかが座っていた。

「お待たせしてすいません。」

「いいえ。私も今来たとこなので。如月さんのピアノ、どうしても独り占めしたくてメールしちゃいました。」

　そう言って柚月えりかは悪戯っぽい笑みを浮かべた。

「ありがとうございます。じゃあ、早速弾かせていただきますか？」

「その前に、ちょっと何かつまみませんか？　私、ちょっとお腹すいちゃって。今日スケジュールが立て混んでてあんまりご飯食べられなかったんですよね。」

「そうなんですか。お忙しい時にありがとうございます。」

　如月静夫は柚月えりかとともに簡単なカナッペをつまんだ。間近で見る柚月えりかは前に見た時よりももっと美しく、華やかで、しかし近づきやすいように見えた。

「じゃあ、そろそろ弾きますね。今日は二曲、約束の「ラ・カンパネッラ」ともう一曲弾かせていただきます。」

「ありがとう。じゃあお願いします。」

如月静夫は席につき、ふうっと息を吐いてから「ラ・カンパネッラ」を奏で始めた。柚月えりかは如月静夫の姿をじっと見つめていた。如月静夫は「ラ・カンパネッラ」を弾き終わり、ふうっとため息をついた。そうすると柚月えりかは大きな拍手をしてくれた。

「やっぱり如月君のピアノ、すごいね。本当に引き込まれる。この前聴かせてくれたのはもっと艶っぽかったけど、今聴かせてくれたのも繊細ですごくよかった。」

「それはよかったです。じゃあ、もう一曲。これもリストという人が作曲した「愛の夢」という曲です。」

「「愛の夢」。ロマンチックだね。すごく楽しみだよ。」

如月静夫はまたふうっと息を吐き、静かで美しい旋律を奏で始めた。その調べには、なぜか土曜日に経験したあの出来事が重なって見えた。あの優しくて温かくて柔らかい感触を思い出しつつ、如月静夫は鍵盤を押していった。そして静かに演奏を終えた。ふと見ると、柚月えりかは涙を浮かべていた。

「すごい。本当にすごい。如月君、君は本当にすごいピアニストだよ。私感動した。」

「ありがとうございます。喜んでいただけて俺もうれしいです。」

「如月君、またプライベートで演奏聴かせてよ。私、もっと如月君のことが知りたくなった。それに、如月君のことをもっといろんな人に知って欲しい。」

「ありがとうございます。柚月さん、俺でよければ、いつでも呼んでください。」

「あ、柚月えりかは芸名だから。プライベートの時は「ゆりか」って呼んでね。」

「分かりました。ゆりかさん。よかったら俺のことも、「静夫」って呼んでください。」

「分かった。静夫君ね。マネージャーさんがまた送ってくれるから、気をつけて帰ってね。今日は本当にありがとう。」

柚月えりかはそう言って、また両手で如月静夫の手を包み込んだ。


「「静夫」よくやったよ。お疲れさま。」

「滅茶苦茶緊張したよ「柊」。柚月さんが「ジェシカ」の演奏だけを求めていたら、アウトだった。」

「そうでもないんじゃない？「愛の夢」はなかなかよかったよ。「静夫」なりの「愛」を感じたね。さては土曜日のアレを重ねてたりした？」

「うん。なんか自然に重なってきてくれた。」

「ほら、経験しておいてよかっただろ？　さあ皆の衆、この俺を褒め称えろ！」

「……まあ、結果オーライだね。「マイケル」、君の助力も確かに認めるよ。「静夫」、この感じで柚月えりかと距離を縮めていこうね。きっと誰かに紹介してくれるさ。」

柚月えりかとの距離は、会うごとに確実に縮まっていった。如月静夫は会うごとに腕を上げていき、柚月えりかの持つ華やかで美しいオーラを自分のものにしていった。ある日、いつものレストランに入っていくと、柚月えりかの他にもう一人、如月静夫の知らない人物が座っていた。あれは一体誰だろうと思いながら、如月静夫はいつも通り演奏をした。するとその人物は立ち上がり、名刺を渡してきた。

「いや、素晴らしい演奏だったよ。正直、名ばかりだと思っていたけど、国際コンクール最年少優勝者の実力は伊達じゃないね。私はテレビ局のプロデューサーをやっている後藤という者だ。是非如月君の才能を世の中に発信したい。私の持っている番組に出てくれないか？　私の番組を通して、日本中、いや世界中に君の音楽を届けたい。」

後藤氏の後ろで、柚月えりかがうれしそうに微笑んでいた。

「ありがとうございます。願ってもないことです。」

「じゃあ、オーケストラとの合わせがあるから、二週間後にこのホールへ来てくれないかな？」

「分かりました。ところで、曲とかは決まっているんですか？」

「ああ、曲ね。ラフマニノフのピアノ協奏曲第二番だよ。」

「ジェシカ」と「マイケル」が動揺したのを「静夫」は感じ取った。しかし動揺を見せずに、如月静夫は静かに答えた。

「分かりました。では二週間後にお願いします。」

「二週間でラフマニノフの二番？　あの後藤っての、本当にピアニストのこと知ってんのか？」

「正直、クラシックには多少詳しくても、演奏する側としては全くの素人だと思っていいね。こんな無理難題、なんで受けたのさ。」

「いや、「静夫」、受けて正解だ。あのプロデューサーがやってる番組、君も見たことのあるアレだよ。国内の有名オーケストラがやってるやつ。」

「本当？　それはすごいや。あの舞台に立ってるんだね。」

「のんきなこと言ってる場合かよ。どうすんだよ。二週間でラフマニノフの二番だぜ。まあやってみれば分かるけど、「静夫」、これは相当な試練だぞ。」

「そうだね。僕も今から緊張しているよ。」


地獄の日々が始まった。ラフマニノフの二番はそう簡単には「静夫」に心を開いてくれなかった。「静夫」は深夜になっても、ピアノにミュートをかけて練習し続けた。寝不足で頭がピカピカ光り出しそうになった時、その声は静かに「静夫」に語りかけてきた。

「どう？　ラフマニノフの二番は？　難しいでしょう。苦しいでしょう。」

「君は……誰？　僕は疲れたよ。」

「私は「エリザベータ」。私でよければ、教えてあげる。けど、私の特訓は厳しいよ。」

「誰でもいい。お願いだから僕をこの苦しみから救ってくれ。」

その夜から、「エリザベータ」の特訓が始まった。「エリザベータ」の特訓は本当に厳しく、「静夫」は胃が痛くなり、腕が痙攣したことが度々あった。それでも「静夫」は「エリザベータ」を信じ、ついていった。しかしやはり二週間では「エリザベータ」の満足する演奏は完成しなかった。

「まあ、仕方ないわよ。二週間でこの大作を理解しきるなんて無理に決まってるもの。」

「でも「エリザベータ」、これは僕にとって大事なチャンスなんだ。これを逃したら、もう二度と巡ってこないかもしれないんだ。」

「……しょうがないわねえ。じゃあ今回は私が替わってあげる。本番までに、必ず間に合わせてよね。」

「分かった。約束するよ。」

オーケストラとの合同練習の当日、如月静夫はいつも通り静かに鍵盤に向き合っていた。そして指揮者が指揮棒を振り上げた時、はあっと静かにため息をついて、如月静夫は鍵盤を押し、荘重で偉大な協奏曲を奏で始めた。

三十分にもわたる大曲を弾き終え、如月静夫はもう一度はあっとため息をついた。指揮者はそんな如月静夫を見て、興奮した口調でこう言った。

「如月君。素晴らしいとしか言いようがないよ。ラフマニノフの描き上げた世界観を余すことなく表現している。聞いたところでは、この話は二週間前に決まったそうじゃないか。よく二週間でここまで仕上げてきたね。」

いやそうじゃないんですと言いかけた「静夫」の口を「エリザベータ」は塞いでしまった。

「ラフマニノフの二番は僕にとって憧れでしたから、以前から少しずつ練習してたんです。今回こんな機会を与えてくださって、本当に感謝しています。」

「一ヶ月後の演奏会、本当に楽しみにしているよ。今日はありがとう。」

「こちらこそ。ありがとうございました。」

そしてまた、「エリザベータ」との特訓が始まった。「エリザベータ」の激しい指導に、「ジェシカ」は心配そうに「静夫」を見ていた。そして心が折れそうになる「静夫」をことあるごとに励まし、応援した。「マイケル」も時々現れては、「静夫」を応援した。だが、一ヶ月経っても、「エリザベータ」の満足するラフマニノフの二番は完成しなかった。

「どうするの「静夫」。本番明日だよ。」

「分かってるさ「エリザベータ」。今日こそは完成させる。」

「いいえ、今のあなたには無理。明日の本番は私が出る。」

「そんなこと言わないでくれ。それじゃあこれまでの練習はなんだったんだ?」

「残酷かもしれないけど、次の機会に活かすしかないわね。ピアニスト「如月静夫」の今後を考えれば、私が出るしかない。」

「残念だけど、今回は「エリザベータ」に任せよう。この話、乗るべきじゃなかったんだ。「静夫」、本当にごめん。君に大きな挫折を与えてしまった。僕のせいだ。」

「いいんだよ「柊」。「如月静夫」の為なら、僕はどんな挫折も厭わない。」

「「静夫」……本当にいいの？　こんなに頑張ったのに。」

「いいんだ「ジェシカ」。「エリザベータ」、お願いします。明日の本番、僕に替わって演奏してください。」

「いいわよ。でも「静夫」、今回の経験、絶対に忘れないで。あなたには才能も伸びしろもある。でも実力はまだまだなのよ。」

本番当日、「静夫」は「エリザベータ」の奏でる情緒豊かで壮大な演奏を泣きながら眺めていた。そして「エリザベータ」が演奏を終えると、会場の観客と共に大きな拍手を「エリザベータ」に送った。この日の如月静夫の演奏は、テレビを通じて全世界に配信された。ピアニスト「如月静夫」が産声を上げた瞬間だった。

数ヶ月が経ち、如月静夫は相変わらず高校生活とピアノの両立を試みていた。「エリザベータ」に言われ、英語には特に力を入れ、ネイティヴのように読め、書け、聞け、話せるようになった。他の科目は今ひとつだったが、英語と音楽に関しては、如月静夫は常に学年トップだった。担任との個人面談で、進路は大学へは行かず高校卒業と共にピアニストとして生きていくことを伝えてあったので、学校側は如月静夫について交友関係以外のことについては何も言ってくることはなかった。如月静夫は交友関係のことはいつも聞き流していた。彼らは、素行はともかく常に如月静夫に刺激を与えてくれる存在だったのである。単に仲のよい友人関係など、如月静夫は求めていなかった。ところが、そうも言っていられない事件が勃発したのである。

「ピアノ界の新星の汚れた交友関係。如月静夫の隠したい秘密」

週刊誌にこのような見出しが載ったのは、如月静夫が高校二年生の頃だった。週刊誌によると、如月静夫の友人には中学時代から喫煙をしていた者や、酒を飲んで補導された者、あまつさえ自殺未遂者もおり、高校生の心理に詳しいとある教育評論家によると交友関係から推測される如月静夫も、真っ当な人格をしているか疑わしく、せっかくの才能を潰さないためにも是非ともよりよい友人を持ってほしいものだとのことだった。如月静夫はこの記事を友人から見せられて初めて知った。彼らは申し訳なさそうな顔をしていた。

「静夫、悪い。俺たちがこんなだから静夫のことも悪く言われちまってる。俺たち、もうつるまない方がいいな。」

「そんなこと言わないでくれ。こんな記事、俺が実力で黙らせる。だから、お前らは俺から離れないでくれよ。」

如月静夫が哀しそうにそう言っても、彼らはまだ申し訳なさそうにしていた。そんな彼らを見て、如月静夫は怒りの炎で身を焦がす思いをした。その日の昼休みの静夫の演奏は暴力的なまでに激しく、講師は心配そうにその様子を見ていた。

「さて、どうするかなこの記事。」

「一柊」、君はどうしてそんなに冷静にいられるんだ？　僕はもう腹が立ってしょうがない。放っといてくれってんだ。」

「どうしてって、怒ってもどうしようもないからさ。もちろん「静夫」の気持ちもよく分かってるよ。僕にだって決して気分がいいものじゃない。でもこれ以上エスカレートしていって無視できないようになったら、君が朝、彼らに言ったとおり、実力で黙らせるしかないよ。」

「でも、どうする？　コンクール出まくる？」

「そうだね「ジェシカ」。とりあえず名だたるコンクールを総なめしてしまおう。」

「それはいいけど、「柊」、コンクールには私たちだけで出た方がいいと思う。」

「どうしてだい「エリザベータ」？」

「前回のラフマニノフで実感したんだけど、「静夫」には圧倒的に経験が足りない。「静夫」はまだ半径五メートル以内の世界から出られていないのよ。そして私たちのように、「繋がる」こともできない。「静夫」として演奏してもらうには、まだ機が熟していないの。」

「じゃあ、僕はどうすればいいの？」

「あなたは、私たちと研鑽すると同時に、外の世界をもっと知りなさい。それまで、「如月静夫」の名は、私たちが維持してあげる。そうね、ざっと十年くらいはクラシックの表舞台に出なくていいわ。」

「十年!?　十年も？」

「……十年か。それまでに「静夫」はなくなっちまわないかなあ。」

「そうなったら「マイケル」、それまでよ。」

「うん。俺は「エリザベータ」に賛成だ。ただし、条件付きでな。その十年、「静夫」が二十歳になるまで待ってやってくれ。そうするなら、俺は「静夫」の十年間にかけてもいいと思う。」

「そうね。「静夫」「静夫」がどんな十年を送るか分からないけれど、私たちは黙ってそれを見届けよう。「静夫」、大きくなってね。そして二十歳になるまでの期間、大切にしてね。」

「大丈夫だよ、「静夫」。ラフマニノフの件は僕の責任だ。僕が君をなくしたりなんかしない。」

「……「ジェシカ」と「柊」までそう言うのか。それなら、うん、分かったよ。僕、頑張るからね。」


　高校二年の三月になり、講師の任期ももうわずかになっていた。如月静夫は昼休みになるといつも講師の側にいて、手助けをしていた。講師の任期が終わる最後の平日、如月静夫は講師に向かって静かにこう言った。

「先生、今日が最後だね。俺、すごく楽しかったよ。勉強にもなった。ありがとう。」

「ねえ、如月君。そのことなんだけどね……」講師は如月静夫の目を見て、一呼吸置いた。「私たち、これからも会わない？　私の家にもアップライトだけどピアノあるし、如月君ともっと一緒にいたい。」

ヒューッと「マイケル」が口笛を吹いた。

「本当？　実は俺もそう言おうと思ってたんだ。真緒さん、俺が二十歳になるまで、一緒にいてくれない？　俺の十九歳の最後の演奏は、真緒さんの前でやりたいんだ。」

「……どういうこと？」

「真緒さん、俺の彼女になってください。それで、俺が二十歳になるまで俺と一緒にピアノ弾いてください。」

「……いいよ。静夫君、私たち、付き合おう。」

「マイケル」と「ジェシカ」が笑顔で「静夫」の背中をバシッと叩いた。「柊」がやれやれ、とどこかほっとした表情で、「静夫」を見ていた。そして真緒は学校を去って行った。

柚月えりかとの関係は相変わらず続いていた。月に一度ほど、如月静夫は柚月えりかのためだけに演奏し、そのたびに柚月えりかは涙を浮かべていた。時には、柚月えりかはとある大御所俳優と現れ、時には、すらっとした若手俳優と一緒に現れた。如月静夫は誰が来ても意に介することはなく、ただ静かに演奏していた。柚月えりかはたまに如月静夫に仕事を持ってきてくれた。如月静夫は一度も断ることなく、ある時はテレビ番組に出て柚月えりかと共演して演奏を披露し、ある時は柚月えりかの友人として紹介されグルメ番組に出たりした。ある番組では、有名俳優との対談もあった。そうして、「如月静夫」の名は、少しずつ世代を問わず浸透していった。

「如月さんは、ピアノ弾いていて楽しい？」

と聞かれると必ず如月静夫はこう答えていた。

「楽しいですよ。一瞬一瞬が僕にとってかけがえのない時間です。」

「ねえ、静夫君。あなたいつも「ピアノ弾いてる時は楽しい」って答えてるけど、本当なの？」

柚月えりかはある時こう尋ねた。

「ゆりかさん何言ってるの？　本当だよ。俺、楽しいよ。」

「そう？　私にはすごく苦しそうに、切なそうに見える時があるよ。何度も静夫君の演奏聴いてきたけど、最近の静夫君は特にそう見える。静かな表情の裏側にものすごい覚悟があるような気がする。まるでもうすぐ死んでしまうことが分かっている人みたいに。」

「……さすが実力派女優だね。そうです。俺は、二十歳になったら一度死ぬんです。ゆりかさん、今の俺の演奏、もう少しするとしばらく聴けなくなるから、覚えておいてね。」

「演奏活動を一度休止するってこと？　そんなのもったいなさ過ぎるよ。今の波に乗っていかないと、すぐに消えちゃうよ。」

「いや、一度旅に出るだけです。どこかは言えないけど。あ、この話誰にも言わないでくださいね。」

「……分かった。しんどくなったらいつでも相談してね。私は君の友達なんだから。」

「ありがとう。俺、ゆりかさんのこと絶対忘れないよ。」

高校を卒業してから、如月静夫はさらに活動を活発化させ、ありとあらゆるメディアに出演し、その名をさらに高めていった。そうしている内に、十九歳の最後の夜がやって来た。如月静夫は真緒の家にいた。

「真緒さん、約束通り俺の最後の演奏、聴いて欲しい。」

「なんで最後なの？　静夫君はもうピアノやめちゃうの？」

「そうじゃないよ。クラシックはしばらく弾かないってこと。って言っても意味わかんないと思うけど。それでね、真緒。」

一呼吸置いて、如月静夫は静かに口を開いた。

「明日から、俺は俺じゃなくなってしまう。もし、そんな俺が嫌だったら、別れてくれて構わない。」

「……それはこれから聴かせてくれる演奏で決める。」

「分かった。じゃあ聴いて。しばらく聴けなくなるから、よく覚えておいて欲しい。」

そして「静夫」は「月光」を弾き始めた。ひと楽章が永遠のようで一瞬に感じた。表現がまだ幼く、歯がゆい思いをする場面もあった。しかし「静夫」の「月光」は真緒の心を震わせ涙させるには十分だった。最後の和音を叩き終え、椅子に座っていると、真緒が後ろから抱きしめてきた。

「「俺じゃなくなる」っていうのはよく分からないけど、今の演奏を聴いて確信したよ。私はあなたの側にいたい。きっとあなたはもっと大きくなって帰ってきてくれる。私はそう信じてるから。」

「ありがとう真緒。でも本当に無理しなくていいからね。」

「バカ。」

真緒は如月静夫を自分の方に向かせて、長いキスをした。

約束の二十歳になって、如月静夫は国内外問わずありとあらゆるコンクールに出場し、次々と優勝をその手にしていった。世間からは、「希代の天才」と賞される一方で、「新手の賞金稼ぎ」と揶揄されることもあった。コンクールの審査員達は、曲ごとにあまりに豹変する如月静夫の表現に皆首をかしげていた。しかし、誰もその真相にたどり着く者はおらず、如月静夫の演奏に肩を並べる者は誰一人として現れなかった。如月静夫は得た賞金で防音壁のあるマンションで一人暮らしを始め、ピアノを購入した。「静夫」は夜になると「ジェシカ」、「マイケル」、「エリザベータ」とピアノの練習を欠かさず行い、昼間はメディアに出て様々な人と交流し、多くの人生観に触れていった。そのうちに芸能界にも友人ができるようになり、友人達の休日には必ず会って、深い話をした。彼らの話す演技論はとても興味深く、彼らと話をした夜は必ず彼らの理論をピアノ演奏に溶け込ませていった。そうしている内に、企業からコマーシャルでの演奏のオファーやクラシック以外の分野の演奏家とのコラボの依頼が舞い込むようになり、「静夫」は忙しい日々を送っていた。

ある大物ミュージシャンとのコラボをした時、「静夫」はミュージシャンに質問をした。

「クラシックとかも聴かれたり、するんですか？」

するとそのミュージシャンは驚いた表情をし、「もちろん聴くよ。如月君はＪ－ＰＯＰとか聴かないの？」

「失礼な話ですが、あまり聴いたことなかったです。」

「ああ、だから俺との合わせも最初は上手くいかなかったんだ。なんで今まで聴いてこなかったの？　こういうの嫌い？」

「いえ、嫌いとかではないんです。ただ、クラシックの世界があまりに広すぎて、他の世界に目を向ける余裕がなかったんです。」

「そうか。まだ二十代だもんなあ。まだまだ勉強する世界はたくさんあるよ。今回の俺とのコラボからも何か盗みとってくれよ。」

「本当にありがとうございます。勉強させていただきます。」

「よし。じゃあ行くか！　四万人のファンが俺たちを待ってるぞ！」

舞台に躍り出ると、耳が痛くなるほどの歓声が迎えてくれた。観客から沸き立つ熱気は、これまで立ってきたどの舞台よりも大きかった。異様な興奮に「静夫」が飲まれそうになっていると、そのミュージシャンはウインクをして笑いかけてくれた。「静夫」はふうっと息を吐いて、ミュージシャンとのコラボに熱中した。するとこれまでにない熱い息吹がピアノから発せられた。まるでピアノもそのミュージシャンのオーラと熱に浮かされたようだった。四万人の観客は歌声で一つの大きな渦となり、ミュージシャンと「静夫」を包み込んだ。大歓声の中で担当する曲を弾き終えると、ミュージシャンは「静夫」に駆け寄り、腕を持ち上げ、自分も両腕を天高く突き上げ吠えた。

「静夫オオオオオオオ！」

オオオオオオオオオオオオ！

キャアアアアアアアアアア！

またもや四万人のエネルギーが二人を興奮の絶頂へと持ち上げた。

「静夫」がクラシックの世界から飛び出し様々な世界に触れてから、五年が経過していた。たくさんの人に支えられ、応援されて、「如月静夫」の名を知らない者は国内ではいなくなった。クラシックの世界においても、「ジェシカ」、「マイケル」、「エリザベータ」の三人のおかげで「如月静夫」は世界中で健在だった。柚月えりかの前では、主に「ジェシカ」が弾いてくれ、いつも柚月えりかを感動させていた。それでも、「静夫」の不安は消えなかった。本当に自分はクラシックの世界に帰ってこられるのだろうか？　そもそも、本当の自分はどこにあるのか？「静夫」はどの「如月静夫」が本当の如月静夫なのかよく分からなくなってきていた。混乱しつつも充実した日々を送って二十九歳になったその年、真緒から如月静夫にこの言葉が発せられた。

「静夫君、私、癌なんだよね。余命半年だって。」

その言葉を聞いた途端、如月静夫の目から涙があふれ出た。

「なんでもっと早く言ってくれなかったんだよ。なんで」

「だってしょうがないじゃん。私も気付いてなかったんだし、静夫君も忙しかったし。」

「半年かあ……真緒、何がしたい？」

「静夫」は無理矢理笑顔を作り出した。すると真緒は静かにこう言った。

「静夫君の「月光」が聴きたい。」

「……それは最期に取っておいてよ。他には？」

「あとはね、最期まで一緒にいて欲しい。」

「そんなの当然だろ。他には？」

「あとはね……私を抱いて。ゆっくり、優しく。もう最初の時みたいに私がリードしなくても、できるよね。」

「できるよ。」

「静夫」は優しく真緒を抱きしめ唇を合わせた。そしてゆっくりと真緒を絶頂へと導き、自分自身も絶頂に達した。「静夫」が抱いている間、真緒は一度たりとも「静夫」の手を離さなかった。

「静夫君、ありがとう。私幸せだよ。」

「俺もだよ真緒。他にやって欲しいことは？」

「あとは、いつもどおり静夫君が活躍していてくれればいいよ。私もその方が頑張れる。」

「そうか。一緒に頑張ろうな。もしかしたら奇跡が起きてくれるかもしれないし。」

「奇跡かあ……もし奇跡が起こったら、もう一つお願いしてもいい？」

「いいよ。何個でも。」

「私と結婚して。」

「俺でいいの？」

「バカ。」

真緒はそう言って「静夫」の胸に顔を埋めた。「静夫」は返事の代わりに真緒をぎゅっと抱きしめた。そんな様子を、「ジェシカ」と「マイケル」と「柊」と「エリザベータ」は黙って見守っていた。


「どうする？」

「どうするって、「柊」、何が？」

「「何が」じゃないよ「エリザベータ」。真緒の最期の願い、叶えられないぞ。」

「それは……」

「何「エリザベータ」。そこまで十年にこだわりたいの？「静夫」、立ち直れなくなるよ。」

「分かってるわよ「ジェシカ」。分かってる。でも……「静夫」には残酷だけど」

「俺たち三人の誰かが演奏するってか？　俺はごめんだぞ。」

「私だってごめんだよ。そんなのできっこない。「エリザベータ」、あなたやる？」

「それも無理。「静夫」が許さない。私は残酷だ。本当に残酷な女だよ。でも、「静夫」には弾かせられない。彼にはここで「絶望」を知ってもらう。」

「じゃあ誰が弾くんだよ？」

「……では、その役、私が買って出よう。」

「お前は？」

「我が名は「モルテ」。私が「静夫」を説得しよう。無理なら「静夫」を無理矢理にでも鍵盤から引き離す。」

「お前にそれができるのか？」

「「マイケル」、他に誰ができる？　他の二人はどうだ？」

「……無理。私にはできない。」

「自分が言ったことだけど、私にもできない。」

「なら決まりだな。「静夫」には明日の朝に伝える。私だって「静夫」の絶望を軽くしてやりたいが……無理だろうな。」


朝になり、真緒を抱きしめながら寝ていた「静夫」を「モルテ」はたたき起こした。

「起きろ「静夫」。お前に言っておくことがある。」

「誰？　……こんな朝早くに。もっと真緒と一緒にいさせてよ。」

「こんな状態だから、あえてこのタイミングを選んだ。私は「モルテ」だ。」

「「モルテ」？　それで、何？」

「真緒の最期の願いだが、残念だが叶えられない。」

「静夫」は飛び起きた。隣で真緒が眠そうな声を上げていた。

「何だって？　なんでそうなるのさ？」

「お前は真緒の死を通してその身に刻まなければならないことがあるからだ。」

「いやだ。真緒の最期の願いは誰がなんと言おうと僕が叶える。僕が叶えなくちゃいけないんだ。」

「静夫」はそう言って真緒を抱きしめた。真緒は抱きしめられるがまま、再び寝息を立て始めた。

「いや、私がそうさせない。ここでお前が了承しなければ、私がお前を鍵盤から引き剥がす。」

「何の権利があってそうするんだ。僕の身体は僕のものだ。誰にも邪魔はさせない。」

「お前の身体は私のものでもある。私も本当に残念に思うよ。」

「そんな……そんな……」

「まあ、せいぜい奇跡が起こることを祈ることだ。」

「静夫」は真緒を抱きしめながら泣きじゃくった。「モルテ」はそんな「静夫」を静かに見つめていた。


真緒の闘病生活が始まった。真緒は入院し抗がん剤の投与を受けた。「静夫」は仕事が終わると真緒のところに飛んでいき、ずっと手を握っていた。ある日、「静夫」が真緒の病室へ向かうと、そこには真緒の両親がいた。真緒の両親は「静夫」が病室に入ってくるのを見て驚いた。

「あなたは、如月静夫さんじゃ？」

「そうです。初めまして。如月静夫です。」

「そんなに有名な方がどうしてここに？」

「それは僕が真緒さんの婚約者だからです。」

真緒は目を見開いて「静夫」の方を見た。驚く真緒を尻目に、「静夫」は言葉を続けた。

「挨拶が遅くなって申し訳ありません。本来なら一緒にあなた方の元へ行って許しを頂きたかったのですが、真緒さんがこのような状態なので、こういう形になってしまいました。」

「そうだったんですか……あの有名な如月さんが娘と……でも真緒はこの状況です。本当によかったんですか？」

「はい。婚約は真緒さんの病気を知ってからしました。僕は、真緒さんの身に奇跡が起こることを信じています。」

「そうですか……真緒、よかったね。こんな素晴らしい方と婚約できて。もちろん、私たちも奇跡を信じています。奇跡が起こった暁には、真緒を側に置いてやってください。」

「ありがとうございます。本当に、ありがとうございます。」

「静夫」は深々と頭を下げた。

だが、奇跡は起こらなかった。

「静夫」は真緒を車椅子に座らせ、ピアノの前に座った。そして手を掲げ、「月光」を奏でようとした。しかし、その手は動かなかった。「静夫」は涙を流し、嗚咽した。そんな姿を見て、真緒は笑顔を見せた。

「ありがとう。」

これが真緒の最期の言葉だった。この日を境に真緒の意識はなくなり、徐々に呼吸が弱くなっていった。そして、その時はやって来た。

真緒の葬儀は、真緒の親族と「静夫」で執り行われた。慰霊の前には、真緒の大好きだったピアノが置かれていた。真緒の両親は、涙を流しながら如月静夫に懇願した。

「如月さん、どうか、真緒のために弾いていただけませんか。真緒もきっと天国であなたの演奏を望んでいます。」

「……分かりました。では、真緒さんが最期に聴きたがっていた「月光」を今ここで演奏しましょう。」

「モルテ」はそう言って、ピアノの前に立った。そして椅子に座り、静かな表情で「月光」を奏でた。その様子を「静夫」は膝を抱えてぼおっと眺めていた。「ジェシカ」がたまらず「静夫」の肩に手を置いたが、「静夫」はその手を払いのけ、またぼおっと眺め続けた。

「「モルテ」、どうしてあの時、僕の手を止めたんだ？　どうして真緒の霊前で、「月光」を弾いたんだ？」

「それはな「静夫」、君が「絶望」を知らなければならなかったからだ。こんなに大きな絶望は、そうそうやって来ない。これで、真緒の死は無駄にならなかった。「静夫」、お前の世界はまた広がったんだよ。あの「月光」は、真緒への礼だ。」

「「モルテ」……その名の通り、死神の所業だよ。僕はお前を許さない。もう二度と、僕の前に現れないでくれ。」

「最初からそのつもりだ。「静夫」、お前がまた立ち上がってくれることを私は心から祈っているよ。」

「うるさい。もう失せろ。」

　両手で顔を覆った「静夫」を見ながら、「モルテ」は消えていった。

　真緒の死を弔うかのように、真緒の死から一週間、「静夫」に仕事は舞い込んでこなかった。真緒の顔を思い浮かべながらぼおっとしていると、一件のメールが届いた。柚月えりかからだった。

「静夫君、来月で三十だよね？　誕生日、私と過ごさない？　いつものレストランで待ってるから。」

「いいよ。」

「静夫」はただ一言書いて、返信した。そして次の日から、「静夫」はいつも通りの忙しい日常に機械的に戻っていった。そして柚月えりかとも機械的に会い、「ジェシカ」はつい機械的に動く「静夫」に合わせた演奏してしまった。演奏が終わり柚月えりかは怪訝そうに如月静夫を見た。

「静夫君。何かあった？」

ぼおっとして何も答えない「静夫」を見て、「ジェシカ」が代わりに口を開いた。

「俺、婚約者を亡くしたんだ。ついこの間。癌で。」

「……そう。その婚約者さんはなんて名前なの？」

「真緒。佐々木真緒だよ。」

そう言いながら、「ジェシカ」は涙を流した。ぼおっとして何もできない「静夫」の代わりに。

三十の誕生日、午前零時に「エリザベータ」は「静夫」の前に現れた。

「静夫」、三十歳の誕生日、おめでとう。十年間、長かった？」

「いや、あっという間だったよ。この十年で僕の世界は良くも悪くも大きく広がった。」

「そう。……実はね、「静夫」に告白しなくちゃいけないことがあるの。」

「何？　今更。」

「あの死神を呼び寄せたのは、私だったのよ。私は本当に残酷な女だから、真緒の死を利用した。許してくれなんて言わない。私を恨んでくれて構わない。でも、謝らせて欲しい。本当に、ごめんなさい。」

「……もういいよ。真緒のことは、もう僕の中で昇華されたんだ。僕は真緒のことを多分一生忘れないし、他の婚約者なんて作るつもりはない。「エリザベータ」を恨んだりなんかしない。これからもいろいろ教えてくれよ。」

「エリザベータ」は涙を流して、うなずいた。「ジェシカ」と「マイケル」と「柊」も現れて、四人で「静夫」を抱きしめた。

「「静夫」、本当に頑張ったね。いろんなことを乗り越えてこられたね。誕生日おめでとう！」

「「静夫」、お前は本当に大したやつだ。誰がなんと言おうと、俺はお前を認めるぞ。誕生日おめでとう！」

「「静夫」、本当によく頑張ってくれたね。僕も本当にうれしいよ。誕生日おめでとう！」

「みんな、本当にありがとう。十年間、「如月静夫」を支えてくれて。世界に名を残し続けてくれて。これからは僕も頑張って演奏するから、みんなで協力していこうね。」

誕生日の夕刻、いつも通りマネージャーの運転する車で、如月静夫はいつものレストランへ向かっていた。一つしかないテーブル席には、いつも通り柚月えりかが座っていた。

「静夫君、誕生日おめでとう。もう三十なんだね。」

「そうだね。ゆりかさんの活躍、俺ずっと見てましたよ。もう押しも押されぬ大女優だね。」

「私なんてまだまだだよ。静夫君もすっかり有名人になったね。」

「それはゆりかさんのおかげ。ゆりかさんが仕事持ってきてくれたから今の俺がある。本当にありがとう。お礼と言っては何だけど、今日も弾かせていただきます。」

「それじゃあお願いしようかな。今日はね、弾いて欲しい曲があるんだ。」

「へえ。珍しいね。何？」

「ベートーヴェンの「悲愴」。今日はこれだけでいい。」

「「悲愴」か。いいよ。」

如月静夫は椅子に座り、ふうっと息を吐いた。

「どうする？」

「第一楽章は「静夫」に任せるよ。第二楽章は私が弾く。第三楽章は「エリザベータ」でどう？」

「私はそれでいいわよ「ジェシカ」。」

「じゃあ、そうしようか。」

「静夫」は両腕を高々と上げ、全体重をかけて腕を振り下ろした。ピアノは荘重な和音を部屋中に響かせた。第一楽章が終わり、「静夫」はふうっと息をついた。「ジェシカ」は拍手で「静夫」を迎えた。

「お見事。これなら、第二楽章も弾きやすいわ。」

「ジェシカ」はそう言って第二楽章を優しく柔らかく奏でた。そして「エリザベータ」が軽やかに第三楽章を奏で、はあっと息をついた。如月静夫が振り返ると、柚月えりかは涙を流していた。そして、席から立ち上がり、如月静夫を後ろから抱きしめた。

「静夫君、帰ってきたんだね。それも本当に大きくなって、強くなって、優しくなって。私、うれしいよ。……ねえ、静夫君。」

柚月えりかはそう言って如月静夫の身体を回し、自分の正面に向けさせた。

「私、さっきの「悲愴」を聴いて確信を持ったの。あなた、人格を複数持ってるでしょ?」

如月静夫は動揺して柚月えりかを見た。このことを見破られたのは、あの老人以来だった。

「そんなことないよ。ゆりかさん、俺は俺だから。」

「大丈夫。ここには私しかいないし、誰にも話すつもりないから。安心して、正直に言ってみて。」

柚月えりかの真剣なまなざしに、「ジェシカ」は、はあっとため息をついて答えた。

「いつから知ってたの?」

「このレストランで「ラ・カンパネッラ」を弾いてくれた時から、なんとなく感じてた。

あなたは誰なの？」

「私は「ジェシカ」。あの時スタジオで弾いていたのは私だよ。「静夫」が二十歳になってからこのレストランであなたに弾いていたのは主に私だった。」

「他には？」

「バレちゃあしょうがないか。俺は「マイケル」。「静夫」が最初の国際コンクールに出た時の予選は、俺が弾いてた。あ、でも本選は他でもない「静夫」の実力だから。」

「僕は「柊」。如月静夫のマネージャー役みたいなものだね。」

「私は「エリザベータ」。あなたが最初に仕事を持ってきたあのラフマニノフ、あれは私が弾いていた。」

「……そんなにもいたの？」

「うん、あと「モルテ」ってやつもいたな。あいつのことは、正直思い出したくない。」

「それで、さっきの「悲愴」は誰が弾いてたの？」

「第一楽章は俺、第二楽章は「ジェシカ」、第三楽章は「エリザベータ」だよ。」

「どうして「静夫」君が一人で弾こうと思わなかったの？」

「どうしてって……なんでだろ。今はこの組み合わせが適任だって感じたからかな。俺はまだ「ジェシカ」のように第二楽章を弾けないし、「エリザベータ」のように第三楽章は弾けない。」

「そう。……じゃあ、そんな君に私からプレゼント。あなたに、もう一度ラフマニノフの二番を弾いて欲しい。今度は「静夫」君が弾いて。話は例の後藤さんに通してある。本番は一ヶ月後だよ。」

「後藤か。懐かしいな。一ヶ月後とは、また急なことで。」

「「マイケル」、今の「静夫」なら大丈夫じゃない？「エリザベータ」もそう思うでしょ？」

「そうね「ジェシカ」。……「静夫」はあの時とは全然違う。今なら御しきれるかもね。私の特訓は必須だけど。」

「うん。僕、頑張るよ。」

「如月静夫君の時の一人称は「俺」で、「静夫」君の時の一人称は「僕」なんだね。なんか面白い。初めてスタジオで会った時を思い出すなあ。なんか可愛い。」

「可愛いなんて、やめてよ。あの時の僕とは全然違うんだからね。」

「「静夫」、こういうプライベートな場は「俺」でもいいけど、そろそろ公の場では「私」にしようね。あとゆりかさん、あの時の如月静夫は僕だったんだよ。」

「分かってるよ「柊」。もう三十だからね。」

柚月えりかは如月静夫のこのやりとりを興味深そうに眺めていた。如月静夫がひとしきり会話を終えるのを待って、柚月えりかは口を開いた。

「ねえ、静夫君。実はもう一つプレゼントがあるんだけど。」

「何？」

「場所変えよう。そこで話す。車に乗って。」

如月静夫と柚月えりかはマネージャーの運転する車に乗り、車は静かに走り出した。柚月えりかは終始黙っていて、如月静夫は気まずそうに身体をもぞもぞさせていた。そうしているうちに車は地下の駐車場で止まり、マネージャーが窓から顔を出して慎重に辺りを見回した。

「どうやら誰もいないようですね。柚月さん、如月さん、今のうちに早くエレベーターに乗ってください。これ、鍵です。」

柚月えりかは如月静夫の手を引いて、足早にエレベーターに乗った。如月静夫はわけが分からないまま、柚月えりかの後についていった。エレベーターは最上階で止まり、扉が開いた。柚月えりかは慎重に辺りを見回し、誰もいないのを確認して、如月静夫を部屋へ連れて行った。そこはホテルのスイートルームだった。

「ゆりかさん、ここは……？」

「まあ話の前に、シャンパーニュでも飲みましょう。」

柚月えりかは音もなくシャンパーニュの栓を開け、二つのフルートグラスに注いでいった。気泡が宝石のようにきらめく黄金の液体の向こうで、大都会の夜景が広がっていた。

「静夫君、誕生日おめでとう。乾杯！」

「ありがとう。乾杯！」

そのシャンパーニュは如月静夫がこれまで飲んだことのない美味しさで、ボトルはあっという間に空いた。ボトルが空になったのを確認して、柚月えりかはベッドの端に腰掛けた。

「ゆりかさん、もう一つのプレゼントって何なの？」

「まあ、私の隣に腰掛けなさいな。それと、これからの時間は「静夫」君でいてね。」

「静夫」は柚月えりかの隣に腰掛けた。柚月えりかの身体からは、艶めかしいムスクの香りがした。

「「静夫」君。」

「何？」

「今夜一晩だけ、私を抱いて。それがもう一つのプレゼント。」

「ゆりかさん、知ってるよね？　僕には真緒がいたこと。」

「知ってるよ。だから今夜だけ、これからの「静夫」君の生涯で一度だけ、真緒さんからあなたを自由にしてあげたい。」

「そんなこと無理……」

そう言う「静夫」の唇にゆりかは自分の唇を重ね、言葉を奪った。それはとても、とても優しくて熱い口づけだった。「静夫」の目からは涙があふれ出た。涙を流す「静夫」をゆりかはゆっくりと押し倒していった。ゆりかは「静夫」の服を脱がせ、自分も服を脱いだ。そして身体を「静夫」にぴったりと寄りつかせた。「静夫」は泣きながら裸になったゆりかを強く抱きしめた。ゆりかは「静夫」を優しく導いていった。

「「静夫」君。つらかったね。悲しかったね。今夜だけ、今夜だけは私に全部預けて。全部受け止めてあげるから。」

「うん。……ゆりか、つらかったよ。すごく、すごくつらかったよ。」

朝になり、「静夫」はベッドの上で目を覚ました。隣には長い髪を乱し美しい裸体を晒してゆりかが眠っていた。朝日に照らされた彼女の身体は瑞々しく張りがあり、とても三十四歳には見えなかった。「静夫」はもう一度だけゆりかを抱きしめ、服を着て、ベッドから出ようとした。するとゆりかが目を覚ました。

「おはよう。「静夫」、もう出るの？」

「うん。もう出るよ。昨日は本当にありがとう。」

「静夫」がドアの前に行こうとすると、ゆりかはその腕を引き留め、「静夫」を抱きしめた。ゆりかの柔らかい身体の感覚が服越しに伝わってきた。「静夫」はゆりかの背と頭に腕を回し、ゆりかの顔を胸に押しつけた。

「……そういえば、ゆりかさん。ゆりかさんの名字はなんていうの？　やっぱり「柚月」なの？」

ゆりかはその美しい顔を上げ、「静夫」を見つめた。

「もう「さん」付けはやめてよ。ううん。本当の名字はね……「如月」だよ。」

「えっ。」

「そう。「静夫」と同じ。だからもし私たちが結婚しても、私の名字は変わらないんだよね。」

ゆりかはそう言って、悪戯っぽい笑みを浮かべた。「静夫」は困った顔をゆりかに向けた。

「ゆりか、だから僕は……」

「分かってるって。今日からはこれまで通りの友達でいようね。」

そしてその日、如月静夫は一日中「静夫」のままでいた。

一ヶ月後、「静夫」はコンサートホールの大ホールで、満員の観衆と複数のメディアのカメラが見つめる中、ライトに照らされていた。「静夫」は来場客に一礼し、椅子に座ってふうっと一息吐いた。そして指揮者が腕を振り下ろしたタイミングに合わせて、重々しい和音を奏で始めた。これまでの「静夫」にはない、重い響きだった。広大な調べが流れていく内に、「静夫」はいつの間にかこの響きがこの十年間に出会った全ての人に、ゆりかに、なにより天国の真緒に届くようにと願っていた。リハーサルの時とは比べものにならない重厚さに指揮者と「エリザベータ」は動揺した。

「「静夫」、重い。重すぎるよ。」

「エリザベータ」の叫びは、「静夫」には届かなかった。指揮者は一瞬目を見開いたがすぐにオーケストラに指示を出し、「静夫」の調べに寄り添っていった。重厚さと大胆さ、繊細さを併せ持つラフマニノフの巨大な世界観が会場中を満たしていった。そして偉大な演奏が終わり、会場は「ブラボー！」という歓声と割れんばかりの拍手が十分以上鳴り止まなかった。後に「世界のキサラギ」の名演の一つとして数えられることとなった演奏の幕が、降りた。

　拍手が鳴り止まない中「静夫」が舞台袖に行くと、「エリザベータ」が駆け寄ってきた。

「「静夫」お疲れさま！　すごくよかったよ！　でも、あれは重すぎ。あんなのできたんなら、リハの時にやっておいてよね。」

「あれ？　そんなに違ってたかな？」

「「違ってたかな？」じゃないわよ。全くの別物だった。指揮者も一瞬すごい困った顔してたんだからね。「静夫」、もしかして十年分溜まってたものが全部出た感じじゃない？」

「そうかもね。うん、いろんなものがこみ上げてきたよ。」

「本当にバカなんだから。これで燃え尽きないでよね。さあ、指揮者とコンミスに謝りに行くよ。」

「静夫」は「エリザベータ」に手を引かれ、コンミスのところへ行った。コンミスは笑顔で出迎えてくれた。

「如月君お疲れさま！　いい演奏になったね。」

「ありがとうございます。これもオケの皆さんのおかげです。リハと全然違う感じになっちゃって申し訳ありませんでした。」

「ほんと、びっくりしちゃったよ。「重っ」って思ったけど、結果的には素晴らしいラフマニノフになった。次にオケと演奏する時は気をつけてね。」

「はい。気をつけます。今日は本当にありがとうございました。」

「静夫」は頭を下げ、指揮者の控室へ向かった。扉をコンコンコン、と叩くと、「どうぞ」という声がした。「静夫」はふうっと一息ついて、扉を開いた。扉の向こうには憔悴しきった顔の指揮者が座っていた。「静夫」はその姿を見て、深々と頭を下げた。

「今日は本当に申し訳ありませんでした。もう少しで演奏会を台無しにするところでした。申し訳ありませんでした。」

「君からその言葉を聞けてよかったよ。もし謝りに来ていなかったら、私から怒鳴り込んでいくところだった。君、とんでもないことをしてくれたね。」

「申し訳ありません。先生の作りたかった世界観と全く違うものを私は作ってしまいました。そして先生とオケの皆様を道連れにしてしまいました。」

「本当だよ。まあ結果的には素晴らしい演奏になったんだが。今後こんなことが続いたら、私はもう君との共演は御免被りたいね。」

「はい。二度とこのようなことのないようにします。申し訳ありませんでした。」

何度も何度も頭を下げ、部屋を出ようとした時、「静夫」は指揮者に呼び止められた。振り返ると、指揮者は笑顔だった。

「でも、私もすごく楽しかったよ。君の世界は、なかなかどうして、大したものだった。」

「ありがとうございます。」

「静夫」はもう一度深々と頭を下げた。

出演者専用出口から外に出ると、たくさんの人が如月静夫を待っていた。人混みをかき分けるように進んでいくと、そこにはカメラマンとアナウンサーらしき女性が待ち構えていた。

「如月さん。演奏お疲れさまでした。今の心境をうかがえますか？」

「今は無事に演奏を終えられて、ほっとしています。それから、とても疲れました。」

「如月さんは高校生時代に同じ曲を演奏されていますよね。当時の演奏と随分違うように感じたのですが、いかがですか？」

「違いが分かっていただけましたか？　とてもいい耳をお持ちですね。あの演奏後、私はたくさんの人と出会い、たくさんの人に支えられて生きてきました。違いが出たのは、私の積み重ねてきた人生経験がそうさせたのかもしれません。今まで出会った全てのものに感謝したいですね。」

「そうなんですね。人生経験というと、恋愛とかもされたんですか？」

「……それは秘密です。」

　如月静夫はにこやかに笑って、その場を去った。報道陣のカメラが遠くなり、静かな夜道になった道ばたで、如月静夫は突然声をかけられた。

「静夫君！　如月静夫君！」

振り返ると同い年くらいの女性が息を切らせて立っていた。その面影は、どことなく見覚えがあった。

「……はい？」

「私だよ。木村未玖。覚えてない?」

「みく……未玖ちゃんか! 久しぶりだなあ。いつぶりだ?」

「小学校卒業以来だね。私ずっと静夫君の活躍見てたよ。本当にすごいピアニストになったね!」

「いや、まだまだ駆け出しだよ。未玖ちゃん、これから空いてる? 一緒にご飯食べようよ。」

「いいよ。近況報告もあるし。」

如月静夫と未玖はホールの近くにあるピッツェリアに入り、再会を祝して乾杯した。その店のピッツァは石窯で焼かれたカリカリのクリスピー生地で、何枚でも食べられそうだった。自分の皿に取り分けたクアトロフォルマッジにたっぷり蜂蜜をかけながら、如月静夫は未玖に尋ねた。

「それで、未玖ちゃんは今何してるの?」

「「ちゃん」付けはやめてよ。私ももう三十なんだから。私はね、あのあと中学行って高校行って大学行って、就活したの。今、会社勤めだよ。」

「そうなんだ。業種は?」

「実はね、音楽業界。今はピアニストさんとかが所属してる事務所に勤めてるんだ。」

「へえ。音楽業界ね。」

「一度は全然違う道も考えたんだけど、静夫君のピアノが忘れられなくて。それで自分は演奏できなくても、演奏する人を支える仕事がしたいなって思ったんだよね。」

「未玖、俺も単に「静夫」でいいよ。未玖は演奏する側にならなくてよかったの？　あんなに楽しそうにリコーダー吹いてたのに。」

「リコーダーかあ。懐かしいなあ。確かに演奏する側に回るっていう選択肢もあった。だけど、結果的に選ばなくてよかったと思ってるよ。所属してるピアニストさんとか、今日の静夫の演奏とかを聴いてると、自分には才能も、努力し続ける根気も、ピアニストとして生きていく覚悟もないって痛感させられるもの。あ、そうだ静夫、今フリーでしょ？　よかったらウチの事務所に所属しなよ。静夫はクラシック以外の仕事も多そうだし、マネージャーとかつけた方がいいよ。」

「マネージャーかあ。まだいらないかな。自分で管理できる程度しか仕事ないし。」

「本当？　でもその気があったらいつでも連絡してね。静夫なら、きっと事務所も大歓迎だから。あ、その気がなくてもたまに会ってもいい？　それとここのお代出させて。」

未玖はそう言って如月静夫に名刺を渡した。如月静夫は少し困り顔で名刺を受け取った。

「ありがとう。ちょっと考えてみるよ。会うのは全然大丈夫だからいつでも連絡して。ごちそうさまです。」

未玖はうれしそうに笑って、店を去って行った。

三十代になって、如月静夫の活躍はさらに多岐にわたるようになった。国内外から次々と演奏依頼がやって来て、それをこなす合間にCM用の曲をレコーディングしたり、メディア出演をしたり、ポスターの撮影をしたり一日警察署長をしたりなど、精力的に活動していた。「柊」は如月静夫のホームページを立ち上げ、世間と如月静夫との連絡手段を確保した。するとたちまち、たくさんのコメントが殺到した。「柊」は一件ずつ、丁寧に対応していった。そんなある日、「柊」は一件のコメントに目を留めた。

「私は、小学校の教頭を務めています。勤めている学校の生徒に是非、私の尊敬する如月先生の演奏を聴いて欲しいと思っています。ご多忙かとは思いますが、もしよろしければご連絡いただけますでしょうか。」

「柊」はしばらく宙を見上げ、こう返信した。

「私でよければいつでも伺います。具体的な日取りなどの打ち合わせをさせていただけますか？　私の電話番号です。」

するとすぐに電話がかかってきた。

「もしもし。」

「あ、私、先ほど返信いただきました中村小学校の教頭の江藤と申します。如月先生ですか？」

「はい。如月静夫と申します。この度は演奏の機会を与えてくださりありがとうございます。」

「機会を与えるだなんて、こちらこそ連絡いただきありがとうございます。それで日程なのですが、如月先生のスケジュールに合わせていただければ結構です。こちらはいかようにも設定できますので。」

「『先生』だなんて、やめてください。まだまだ若輩者ですから。そうですね……それでは、来月の十五日、金曜日などいかがでしょうか？」

「来月の十五日ですね。かしこまりました。すぐに調整してご連絡いたします。」

「よろしくお願いします。それでは。」

「はい。失礼いたします。」

数日後、江藤教頭から連絡があり、演奏日が決定した。演奏を聴くのは五年生と六年生とのことだった。「柊」は皆を集合させ、演奏について会議を開いた。

「……というわけで、今回は小学五年生と六年生に向けて演奏することになった。いつもとは全然違う相手だ。どうする？」

「子ども相手なら、私に任せてよ。私、子ども大好きだから。」

わくわくした顔で、「ジェシカ」は言った。

「なるほど。それじゃあ「ジェシカ」主体で行こうか。異論は？」

「僕はないよ。」

「俺も。」

「私もない。」

「じゃあ決まりで。あと「静夫」、本番までに用意してほしいものがあるんだけど。」

「何？」

「それはね……」

「柊」は何やらゴニョゴニョと「静夫」に耳打ちした。「静夫」はそれを聞いてにんまりした。

「なるほどね。分かったよ「柊」。用意しておく。」

「なあに「静夫」、「柊」？」

「内緒。大丈夫、「ジェシカ」の邪魔はしないから。」

当日、如月静夫は中村小学校の体育館へ向かった。扉を開くとたくさんの小学生達が体育座りをして待っていた。如月静夫がピアノの前に立つと江藤教頭がマイクで小学生達に話し始めた。

「こちらが、如月静夫先生です。とても有名なピアニストで、世界中で活躍されています。みんな、拍手で迎えてください！」

パチパチパチパチ……

「それでは、先生。演奏をお願いします。」

如月静夫は椅子に座り、ふうっと息を吐いた。

「さあ、行くよ！」

「ジェシカ」はモーツァルトの「トルコ行進曲」を奏で始めた。楽しく、躍るような演奏は、さすがのものだった。「静夫」は、相変わらず見事なものだと思いながら、小学生達を横目に眺めていた。「柊」が言ったとおり、一部の小学生は目を輝かせていたが、大半の小学生達はつまらなさそうに演奏を聴いていた。中には眠そうな顔をした子もいた。

「トルコ行進曲」が終わると、パチパチとまばらな拍手が起こった。一番大きな拍手は江藤教頭だった。

「あれえなんで？　なんか反応が薄い。」

残念そうな「ジェシカ」の肩を、「静夫」はニヤニヤしながら叩いた。

「まあ、「ジェシカ」、彼らの心を摑むには、こっちの方がいいんじゃない？　ちょっと替わって。」

「静夫」はそう言って「ジェシカ」と交代し、何の前触れもなく鍵盤を叩き始めた。繊細な旋律から突然重低音が小学生達の腹を揺さぶり、アップテンポで指が鍵盤を跳ね回った。すると小学生達は次第にざわざわし出した。「静夫」が演奏を終えると、割れんばかりの拍手が沸き起こった。先生達はぽかんとした顔をしていた。

「なあにこの曲？」

「アニソン。最近流行ってるやつ。本物はバンドなんだけど「柊」に頼まれて編曲してたんだよね。さあて、つかみはＯＫ。お次はこうだっ。」

「静夫」は一礼してから再び椅子に座り、今度はスケールの大きい音楽を奏でた。すると小学生達は再びざわめき、演奏が終わると目をキラキラさせて大きな拍手をした。

「次のは？」

「さっきのやつの劇場版の曲。ついこの間公開されたばかりなんだよね。興行収入すごいらしいよ。」

「ふうん。それにしても、バンドの編曲なんてよくできたね。あの重低音とか、どうやったの？」

「それはね、二十代の頃にバンドと共演した時から考えてたんだ。ドラムは打楽器、ベースとギターは弦楽器。ピアノはピアノ線という弦を叩いて音を出す楽器。それぞれ共通点があるなあって。さあ、「ジェシカ」、出番だよ。ピアノに興味を持ち始めてくれた小学生達に、王道をたたき込むんだ！」

「ジェシカ」は明るい曲調の曲で小学生の心を躍らせ、静かで重い曲調の曲で小学生の心を鷲掴みにした。如月静夫の演奏会は、小学生達と先生達の大きな拍手で幕を閉じた。


「いやあ、先生。さすがです。あんなレパートリーを持っていらっしゃるとは。私の息子にも聴かせてやりたかったですよ。」

興奮して早口で話しかけてくる江藤教頭を軽く受け流しながら、如月静夫の目は少し離れた所で一人立っている若い女性教諭に向いていた。彼女はどこか思い詰めた目で、如月静夫に話しかけたそうだった。

「教頭先生。あの先生は？」

「ああ、うちの音楽教諭ですよ。」

「なるほど。ちょっと失礼します。」

「マイケル」は音楽教諭に向かって近づいていった。その若い音楽教諭は、如月静夫が近づいていくと、少しおびえた表情をした。「マイケル」は優しい顔をして、

「初めまして。如月静夫です。教頭先生から聞きました。音楽の先生なんですね。」

と言った。するとその教諭はおずおずと答えた。

「はい。ここで音楽を受け持っております。佐々木と申します。」

「佐々木……」

言いよどんだ「静夫」に「マイケル」は肘鉄を食らわせ、主導権を握った。

「間違ってたら申し訳ないんですが、何か悩んでいらっしゃいませんか？　音楽のことなら、微力ながらご相談に乗れますよ。」

「そんな如月先生に相談なんて……」

「「先生」じゃなくて「さん」でお願いします。佐々木先生。」

「では、如月さん？　私、実は少し悩んでることがあるんです。もしよろしければ相談に乗っていただけますか？」

「もちろん。これ、私のメールアドレスです。いつでも連絡してください。」

「マイケル」はそう言って名刺の裏にメールアドレスを書き、こっそりと教諭に渡した。

彼女はうれしそうに受け取り、名刺をこっそりと上着のポケットに入れた。

「また「マイケル」の悪いクセが出たね。女と見れば見境ないんだから。どうすんのさあんな約束して。」

「どうするって「静夫」、悩める若き女性を助けるのは、男の義務だぜ？　まあ頑張れよ。」

「マイケル」はにんまりして、「静夫」の肩を叩いた。「静夫」がはあっとため息をついていると、一件のメールが届いた。佐々木先生からだった。

「今日はありがとうございました。早速で申し訳ありませんが、明日の夜、ちょっと相談に乗っていただけませんでしょうか？　そんなにお時間は取らせませんので。」

「静夫」はもう一度はあっとため息をついて返信した。

「時間のことは気にしなくていいですよ。先生の気の済むまで付き合いますから。では土曜日に。」

　約束の土曜日、佐々木先生が指定してきたのは、ビルの屋上階にあるバーだった。「静夫」はなんでここなんだろうと首をかしげながらエレベーターに乗り込み、屋上階へ向かった。「静夫」の疑問はエレベーターの扉が開いた途端に解けた。そこには一台のグランドピアノが置いてあったのである。佐々木先生は、ピアノの前に座って如月静夫を待っていた。「静夫」が近づいていくと、佐々木先生は如月静夫に一礼して、音楽を奏で始めた。「静夫」はカウンター席に座り、ウオッカマティーニを飲みながらその演奏を聴いていた。佐々木先生の音楽は先生の容姿をそのまま写し取ったようで、繊細で美しかった。ただ、表現が小さく繊細すぎて、こういうバーでの演奏には向いていたが、ホールでの演奏には華に欠けるような気がした。「静夫」が目をつぶって聴いていると、「マイケル」が話しかけてきた。

「どうよ?「静夫」。」

「どうって、惜しいなあって思って。」

「俺もそう思う。佐々木先生の想像は大方想像がつく。ここは俺に任せろ。「静夫」、俺に替われ。」

「うん。任せるよ。」

佐々木先生はひとしきり演奏をすると、「マイケル」の隣の席に座った。

「如月さん、私の演奏どうでした?」

「佐々木さん。ここはプライベートの場だ。そんなにかしこまらなくていいよ。俺のことは、「静夫」でいい。」

「さすがに無理です。「静夫さん」にさせてください。じゃあ私のことも「里奈」って呼んでください。」

「まあいいけど。里奈さん。素晴らしい演奏だったよ。とても繊細で綺麗だった。」

「静夫さんにそう言ってもらえるとてもうれしいです。でも静夫さん、私はプロのピアニストとしてやっていけますか?」

「里奈さん、俺は未来予知なんてできない。だから里奈さんがピアノだけで食っていけるかどうかは分からないよ。でも、里奈さんのピアノに足りないものは分かる。何か飲む? 俺奢るよ。」

「マイケル」はグイッとウオッカマティーニを飲み干した。

「じゃあ今日の出番は終わりなんで、いただこうかな。私はアレキサンダーをいただきます。」

「すいません、ウオッカマティーニとアレキサンダーお願いします。」

しばらくすると二つのカクテルグラスが前に置かれた。二人はグラスを掲げて乾杯した。里奈はグラスをくいっと上げてアレキサンダーを飲み、大きな目で如月静夫を見つめた。

「静夫さん、私の演奏に足りないものって何ですか?」

「それはね、「華」だよ。里奈さんの演奏はとても静かで繊細だから、こういう場での演奏にはとても向いている。でも、ホールでの演奏では今の表現では映えないんだ。よかったら、君の表現したい世界を聞かせてくれないか?」

里奈は自分の表現したい世界を次々と語っていった。「マイケル」は黙ってうなずきながらそれを聞いていた。「静夫」も黙って話を聞いていた。里奈が目指す世界は、里奈が今表現できる世界よりも遥かに大きかった。里奈の真剣な表情と、自分が幼かった頃を「静夫」は重ねていた。

「……なるほどね。里奈さんの目指すものは本当に大きなものなんだね。里奈さん、ちょっと俺の演奏、聴いてくれる？　ピアノのとこ行ってくるわ。」

「マイケル」はそう言って席を立ち、寂しそうに一人佇んでいるピアノの前に座った。そして演奏を始めた。ショパンのノクターン第二番だった。切なく情熱的な旋律が流れ、バーの客達は自然にピアノに視線を奪われていった。

「あれ、如月静夫じゃないか？」

「本当だ。なんでこんなところに？」

ヒソヒソと囁きが漏れる中、「マイケル」は演奏を続け、里奈の方を見た。里奈は目をつぶって涙を流していた。演奏が終わると、自然と客から拍手があふれだし、バーの中は拍手で満たされた。

「里奈さんが弾きたいのって、こういうのじゃない？　バーで客に拍手させちゃあ、失格だけどね。」

「……そうです。どうすれば、静夫さんみたいになれますか？」

「よかったら、俺と一緒に練習しない？　都合は里奈さんに合わせるから。」

「本当ですか？　ありがとうございます。でも、都合は静夫さんに合わせます。静夫さんに師事させてください。」

如月静夫が初めて弟子を持った瞬間だった。

如月静夫は仕事の合間を縫って、里奈を指導するようになった。ある時は「マイケル」

が、ある時は「ジェシカ」が、またある時は「静夫」が里奈の練習に付き合った。自分では指導が厳しすぎると思ったのか、「エリザベータ」は里奈の練習には姿を現さなかった。

「静夫さんはどうしてこんなにいろんな表情が出せるんですか？」

「それはね里奈、それだけいろいろな経験を積んできたからだよ。里奈も今が限界じゃない。これからいろんなものに触れて、いろんな感性を磨いていくといい。」

里奈が如月静夫に師事してから、三年が経った。里奈の演奏は、繊細さはそのままに、しかし見違えるほどに大胆に、華やかになった。「ジェシカ」と「マイケル」と「静夫」は、ついに里奈の演奏に太鼓判を押した。

「里奈、今度の俺のリサイタルの最後に、一曲弾きなよ。君にチャンスをあげる。」

「本当ですか？　ありがとうございます。」

リサイタル当日、如月静夫は演奏を終え、いつも通り満開の拍手で包まれた。如月静夫はマイクを取り、観客に語りかけた。

「いつも聴きに来てくださり、本当にありがとうございます。アンコールと言っては何ですが、三年間私についてきてくれたピアニストを紹介したいと思います。佐々木里奈さんです。」

里奈は緊張して固まった表情をして舞台に現れた。「静夫」はそんな里奈の肩にとんっと手を置いた。すると緊張が解けたのか、里奈は笑顔で、ざわつく観客と向けられたカメラに一礼した。如月静夫はその姿を見て、ほっとして舞台袖に戻った。

里奈の演奏は美しく会場に広がっていった。観客は皆息を呑んで里奈の演奏に聴き入っているようだった。その様子を舞台袖から見て、如月静夫はほうっとため息をついた。演奏が無事終わり、舞台袖に戻ってきた里奈を如月静夫は抱きしめた。

「里奈、よくやったね。素晴らしかった。あとは君次第だ。このチャンス、ものにするんだよ。」

「はい、先生。ありがとうございます。」

「先生じゃなくて、静夫さん。」

「ううん。あなたは私をここまで導いてくれた先生。」

里奈は涙を流しながら如月静夫の胸に顔をこすりつけた。

演奏後、如月静夫と佐々木里奈はレストランで食事をとっていた。里奈は終始笑顔で、明るく如月静夫にいろんな話をしていた。如月静夫は笑って里奈の話にうなずいていた。食事を終えレストランを出て駅へ向かう途中、里奈は突然黙って、如月静夫の正面に立った。

「先生、先生は私のことどう思っているんですか?」

「ん? 初めて出来た弟子……いや違うな。俺の音楽を側で学んできた同志、かな。」

「そうですか……私は違いますよ。」

「どういうこと?」

「静夫」が不思議そうな顔をしていると、里奈は真剣な表情をして、大きな瞳で見つめてきた。そして「静夫」を抱きしめた。

「先生、私先生のことが好きです。」

「マイケル」がヒューッと口笛を吹き、「ジェシカ」と「エリザベータ」がはあっとため息をついた。「柊」は真剣な表情で「静夫」を見つめていた。「静夫」は静かにふうっと息をつき、里奈を見つめ返した。

「里奈、俺には婚約者がいたんだ。」

「『いた』？　別れたってこと？」

「彼女はね、亡くなったんだ。俺が二十九の時に。その時から決めているんだ。俺は彼女のことを生涯忘れないって。彼女の名前は、佐々木真緒。里奈の名字が佐々木だって聞いて、運命的なものを感じていたんだ。」

「そうだったんだ……私は真緒さんの代わりにはなれないの？」

「真緒の代わりには誰もなれない。正直言って、里奈のことはずっと可愛いと思ってた。でも、ごめん。真緒のことを想いながら君と付き合うと、君が不幸になる。里奈、君はいつでも俺を頼ってくれていい。でも、付き合うことは、できない。」

「そうですか……ごめんなさい先生。困らせちゃって。」

「里奈は何も悪くない。悪いのは、俺なんだよ。」

「静夫」はそう言って、里奈を抱きしめた。「柊」はそれを見て、ほおっとため息をつき、「静夫」の肩を抱いた。

「なんだよ「静夫」、付き合っちまえばよかったのに。」

「そうはいかないよ「マイケル」。最初にできた弟子に手をつけた師匠、世間はどう見ると思っているんだい。「静夫」、これでよかったんだよ。」

「そうだね「柊」。理由は違うけど里奈と付き合うのは、僕にはできなかった。」

「「静夫」は真緒のことを一生想い続けるのね。「静夫」、本当にそれでいいの？　私は、真緒はそんなこと望んでないと思うけど。」

「「エリザベータ」、もしそうだったとしても、僕には真緒との記憶に上書きするような人は現れないと思うよ。」


翌日、ネットニュースを見ていると、こんな見出しが載っていた。

「世界の「キサラギ」の美しすぎる弟子、鮮烈なデビュー」

「世界の「キサラギ」の華麗なる女性遍歴」

一つ目の記事には、里奈のデビューのことが概ね正確に書かれており、二つ目の記事には、如月静夫と柚月えりかとの「親しすぎる」関係や、舞台袖で如月静夫が里奈を抱きしめていたことから推測される二人の関係性、あまつさえ、真緒のことを匂わせる謎の美女との交友関係が掲載されていた。そしてその謎の美女との関係は現在も継続しているのではないかとの見方がされていた。「静夫」は一つ目の記事を最初に開いて内容に喜び、二つ目の記事を見て大声を上げた。

「なんじゃこりゃあ！　なんで真緒のことまでバレてるんだ？」

「なんだか大変なことになってますねえ「世界のキサラギ」さん。ねえ、「柊」。」

「茶化してる場合じゃないよ「ジェシカ」。本当にどこから漏れたんだろう？　真緒と一緒にいた時はせいぜいただのちょっとした若手有名人っていう程度だったはずなのに。いや、参ったよ。週刊誌の記者って本当に怖いね。でも、真緒が亡くなっていることまでは摑んでいないようだから、真緒の名前が世間に出てしまうことは今のところなさそうだ。

「静夫」、これからしばらくはプライベートの場以外では僕が表に出る。いつ突撃取材されるか分からないからね。」

「分かった。でも、真緒のことを悪く言うやつが出てきたら、保証はできない。」

「いや、そこは堪えてくれ。僕が上手いこと逃す。頼むよ「静夫」。あと、こういうのの対応で演奏にいらだちや怒りをぶつけるようなマネは絶対にしないでくれ。」

次の日、いつも通り柚月えりかに呼び出された「静夫」は、マネージャーの車に乗り込んだ。すると車の窓ガラス越しにフラッシュが複数方向からたかれ、声が聞こえてきた。

「柚月えりかさんのマネージャーさんですよね？　後ろは如月静夫さんですよね？」

「お二人のご関係を伺いたいのですが！」

「お二人はお付き合いされているんですか？」

マネージャーは何も答えず、車を発進させた。

「ああ、この車ももうダメだな。場所も新しい場所を検討しないといけませんね。」

「なんかすいません。」

「いや、この業界では珍しいことじゃありませんから。ちょっと目的地変えますね。」

マネージャーはそう言って携帯電話で何やら話をし、車を再び発進させた。車は地下駐車場で止まり、マネージャーは後ろの如月静夫に顔を向けて言った。

「まあ、上手くいけばラッキー程度にしかならないですけど、隣の車に乗ってください。柚月えりかにも場所を指定してあります。同時に出発しましょう。」

「もう正直に「友人です。」って言ってしまうのはダメなんですか？」

「いや、いいように書かれてしまうだけなんでやめた方がいいです。正面から対応していると三十の誕生日の件、いつかバレますよ。」

「柊」は背筋が凍るような思いで、隣の車に乗り込んだ。車はマネージャーの車と同時に発進して、それぞれ別方向へ向かった。

「……どうやら今回は上手くいったみたいですね。しばらくは毎回別の者が別の車で迎えに行きますから。」

「どうもすみません。」

　案内されたのは、いつもと違うピアノバーだった。暗い店内で、バーテンダーがシェイカーを振る音が穏やかな会話の中から聞こえてきた。バーテンダーは如月静夫を見て、

「奥の席へどうぞ。」

と穏やかに声をかけた。「柊」は努めて穏やかにカウンター席に腰をかけた。

「何になさいますか?」

「ウオッカマティーニを。」

「ステアでなくシェイクで?」

「007ですか。それもいいですね。」

ウオッカマティーニを飲んでいると、隣に知らない女性が座ってきた。

「何を飲んでいらっしゃるの?」

「ウオッカマティーニを。ステアでなくシェイクで。」

「柊」がそう言うと、女性はぷっと吹き出した。よく見ると柚月えりかだった。

「なあにそれ。今日はジェームズ・ボンド気分?」

「……いっそスパイにでもなりたいよ。ここまで来るのにすごく大変だった。ゆりかは大丈夫だった?」

「この通り。一応念のためね。この店も初めて来たからバレてないと思うよ。すいません、マティーニをステアでください。」

「お二人とも、どうぞおくつろぎください。この店のお客様は変な詮索や投稿などしませんし、第一そのような輩は私が入れませんから。ピアノも自由に弾いていただいて結構ですよ。」

老齢のバーテンダーはそう言って、ゆりかの前にマティーニを置いた。それを聞いて

「柊」はほおっと息をつき、「静夫」と交代した。

「あの店、もう行けなくなっちゃったね。残念だなあ。静夫との思い出がいっぱい詰まってるお店だったのに。」

「そうだね。僕たちは自分の置かれている状況を甘く見ていたようだ。ゆりかにも迷惑かけちゃった。ごめん。」

「いいよ。あんなの放っておけばいいから。私たち独身だから不倫してるわけじゃないし、私たちがホテルから一緒に出てこない限り話題性がなくなって、そのうちついてこなくなるよ。取材でも「友人です」って言い逃れすればいい。」

「さすが大物女優。肝の据わり方が違うよ。僕、これからどうなるんだろうって思ってたよ。」

「世界的ピアニストがそんなんでどうすんのよ？　いつも演奏会の時みたいに堂々としていればいいの。何もやましいことなんてないんだから。」

「そんなもんかな……それで、今日はなにがいい？」

「何でもいいよ。とりあえず何か一曲。」

「静夫」はカウンターに空になったクープグラスを置き、ピアノへ向かった。よく見ると客の中にはテレビでよく見る俳優がその妻らしき女性に優しく寄り添い、有名タレントが緊張した面持ちの若手女優とゆったりとソファに腰掛け、最近もてはやされるようになってきたばかりのアイドルが少しバーの空気に飲まれたような顔で恋人らしき人と座っているのが見えた。「静夫」は控えめの照明に照らされ穏やかに佇むピアノの前に座り、奏で始めた。柚月えりかが初めて主演を務めたドラマの主題歌だった。そこかしこで「おお」という声が聞こえてくる中、「静夫」は一曲弾き終わった。そして柚月えりかの元へ戻ってきた。

「すいません。ウオッカマティーニのお代わりを。」

「今度はステアにされますか?」

「いや、今日はシェイクで。」

柚月えりかの方を見ると、懐かしそうな表情で涙を浮かべていた。

「こんな形で再会できるなんて。ありがとう「静夫」。」

「どういたしまして。ゆりか、今度は俺のも聴いてくれよ。」

「出たな女たらし。最初のお弟子さんもあなたが声をかけたんだって? 記事に書いてあったよ。」

「まあね。悩める若き女性を救うのはいつだって年上の男なのさ。ちょっと行ってくる。」

「マイケル」はそう言って、空になったクープグラスを置き、ピアノへ向かった。「マイケル」が奏でたのは「愛の夢」だった。「マイケル」が弾き終わると、控えめな拍手が沸き起こった。

「マスター、フォア・ローゼスをストレートで。」

「かしこまりました。」

「とても情熱的だったわ「マイケル」。素敵。」

「まったくこれだから男どもは困るの。すぐに身近な女を誘惑しようとするんだから。」

「「エリザベータ」ね。本当、男っていうのは困った生き物よね。」

「エリザベータ」は笑ってピアノに向かい、チャイコフスキー作曲の「感傷的なワルツ」をセンチメンタルに奏でた。

「マスター、バラライカを。」

「かしこまりました。」

「ううん。いつ聴いても「エリザベータ」の表現力は素晴らしい。」

「ゆりかは恋人とかいないの？　あなたほどの美人さん、男が放っておかないでしょ？」

「「ジェシカ」ね。いないよ。だって「静夫」よりいい男、見当たらないんだから。」

「まあね。「静夫」は私が見込んだ男だからね。」

「ジェシカ」は笑顔でピアノの前に座り、エルガー作曲の「愛の挨拶」を奏でた。バーの客は皆うっとりと演奏を聴いていた。

「マスター。マッカランをロックで。」

「かしこまりました。」

「「ジェシカ」、ここに来てのマッカランは酔っ払うよ。どうだったゆりか？　今日はフルメンバーだよ。」

「どの演奏も素敵だった。多分ここにいるお客さんもみんなそう思ってるよ。」

二人が話をしていると、一人の老紳士が話しかけてきた。それは誰もが知る大物俳優だった。

「確か如月静夫君だよね。本当に素晴らしい演奏だった。お二人さん、よかったらここの代金は私が持つよ。」

「そんな、申し訳ないですよ。」

「いや、それに見合うだけのものを聴かせてもらった。おかげで妻も大満足だよ。ありがとう。」

老紳士は如月静夫の肩をポンッと叩き、妻と共に去って行った。

「ねえ、「静夫」。やっぱり真緒さんのこと忘れられない？」

「うん。忘れられない。」

「私じゃ、代わりになれない？　私なら、一生側で支えてあげられると思う。「静夫」がよければ、だけど。」

「ありがとう。でもごめん。なれない。でも、ゆりかには側にいて欲しい。友人として。」

「そう…………分かった。」

「ゆりかこそ、僕のことなんか気にせずに、自分の恋愛しなよ。」

「無理。「静夫」からは離れたくない。「静夫」を忘れて恋愛することなんか、できないよ。」

　如月静夫が三十八歳を迎え、例によって三人と練習していた時、ふと思って手を止め、「静夫」は三人に語りかけた。

「そういえばさ、今まで気にしたことなかったんだけど、君たち何歳なの？」

「私？　私は三十歳。」

「俺は三十六。」

「私は十七。」

「ええ？　みんな僕より年下なの？「エリザベータ」は十七？　そんなに若かったの？」

「悪い？　年下でも表現力は私の方がまだ上だからね。」

「みんな同じ年月を過ごしてきたのに年齢が違うんだね。何でだろ？」

「「何で」も何も、私は最初から三十歳だったよ。」

「「ジェシカ」に同じ。」

「私も同じ。」

「そうだったんだ。あ、あと君たちはいつも「繋がってる」って言ってるけど、あれはなんなの？　そろそろ知りたいんだけど。」

「……もうそろそろいいのかな。」

「そうだな「ジェシカ」。「エリザベータ」もいいな？」

「いいよ。私は最初から隠しているつもり無かったし。」

「ジェシカ」は二人にうなずき、「静夫」に向かって語りかけた。

「ねえ「静夫」。「アカシックレコード」って知ってる?」

「ん? たまにスピリチュアル関係で出てくるよね。地球のこれまでの全ての事柄が記録されていて、それにアクセスできるってやつ。」

「私たちは、それに繋がっているのよ。私たちは、作曲家が生きていた時代、作曲家の思いにアクセスできる。私たちの表現の根源は「アカシックレコード」によって導かれたものなんだよ。」

「何だって? それじゃあ君たちは、作曲家の真意をダイレクトに演奏してたって言うのかい?」

「そうだ。だが、「静夫」。お前はそれにとらわれてはいけない。」

「なんで? 作曲家の真意に迫ることは全ての演奏家達の目標であり夢じゃないか。」

「時代が違うのよ。私たちが演奏しているのは当時流行していた曲調。コンクールの世界では、「静夫」の言うとおり作曲家の真意に迫った音楽が評価されて、ここまで勝ち上がってきた。でも、これから「静夫」として演奏していくのであれば、今の時代に合わせた表現を身につけないといけなかった。あの十年は、そういう意味があったのよ。」

「……「エリザベータ」、僕は全然分かっていなかったよ。ただ単に僕の実力が不足していたから、みんなが僕の代わりをしてくれていたんだと思っていた。」

「まあ、それもあるけどね。これからは未知の領域が待ち構えている。「静夫」がどんな世界を紡ぎ出していくか、私たちは楽しみに見ているよ。」

木村未玖とは、定期的に会っていた。未玖はいつも如月静夫に自分の事務所に所属しないかと持ちかけていたが、如月静夫はいつも曖昧な答えしかせず、結局いつもうやむやになってしまうのだった。ある日、未玖は如月静夫にいつもと違う提案をした。

「ねえ静夫、実はウチに所属しているピアニストの人が、あなたに師事したいって言ってきているんだけど、紹介しちゃダメ？」

「へえ。まあいいけど。」

「本当？　ありがとう。じゃあ早速彼女に連絡するね。」

「「彼女」？　女の人なのかい？」

「そう。去年音大を出たばかりだよ。」

数日後未玖からメールが来た。そこには、如月静夫に師事したいと言っているという女性の連絡先が書かれてあった。

「「マイケル」、今度は余計なことするんじゃないわよ。」

「分かってるって「エリザベータ」。まあ、その子の容姿にもよるけど。」

「「マイケル」、年上の立場から言わせてもらうけど、本当にその面食いなところ、直した方がいいよ。」

「なんだ「静夫」。俺の年齢が分かったからって年上面か？　百年早いわ。」

「とりあえず、僕が連絡を取ってみるね。誰が指導するかは彼女次第ということでいいかな？」

「いいよ「柊」。任せる。」

待ち合わせをしたスタジオの扉を開けると、緊張した面持ちの若い女性が立っていた。

「ごめん待たせたね。初めまして。如月静夫です。」

「大森ゆきと申します。如月先生、よろしくお願いします。」

「まあそう緊張せずに、とりあえず一曲弾いてみて。」

「分かりました。」

女性はそう言って、緊張で固まった顔で鍵盤を叩き始めた。ショパンの「幻想即興曲」だった。如月静夫は椅子に座って目を閉じ、腕と足を組んで聴いていた。彼女の演奏は、下手だった。

「彼女、本当に音大卒？　これはちょっとあまりにも……」

「「エリザベータ」、僕もそう思う。どうするかなこれ。あまりにも演奏のレベルが低い。未玖の事務所もよく所属を許したな。」

「今後の伸びしろに期待したんじゃない？　それか「静夫」に押しつけてきたのかも。」

演奏が終わり、大森ゆきは如月静夫の方を向いて尋ねた。

「どうでした？」

「感想を言う前に聞いておきたいんだけど、君は将来何になりたいの？」

「もちろん如月先生のようなピアニストになりたいです。ピアニストとして生計を立てていきたいと思っています。」

　これを聞いて「エリザベータ」ははあっと重いため息をついた。そして「静夫」の制止を聞かず口を開いた。

「正直に言うね。今のままじゃ到底無理。」

「そんな。じゃあ先生ができるようにしてくださいよ。」

「残酷かもしれないけど俺は他の道を勧めるね。本気でピアニストとして食っていきたいと思っているなら、それなりの覚悟を見せてくれる？」

「覚悟って、どうすればいいんですか？　私、先生になら抱かれてもいいです。」

「あのねえ……君、そういう方法でしか自分の覚悟見せられないの？　しょうがないなあもう。じゃあ一週間あげるから、それまでに俺の満足するレベルにまで今の「幻想即興曲」を仕上げてみせるんだ。言っとくけど、俺の指導は本当に厳しいぞ。」

「はい分かりました。私頑張ります。」

「エリザベータ」はもう一度はあっとため息をついた。

「みんな、この件、私が引き受ける。」

　そして一週間、「エリザベータ」は「柊」に頼んでスケジュールを空けてもらい、大森ゆきの練習に付き合った。厳しすぎる指導に大森ゆきが泣こうが、「エリザベータ」は意に介しなかった。「静夫」は最初に「エリザベータ」から指導を受けた時のことを思い出していた。一週間経ち、大森ゆきはわずかながら成長の兆しを見せたが、「エリザベータ」

の満足するレベルには到底到達しなかった。

「分かってくれた？　プロの世界の厳しさが。自分の実力のなさが。」

「……分かりません。私、どうしてもプロのピアニストとして活動していきたいんです。如月先生の力で何とかしていただけませんか。私何でもしますから。」

大森ゆきはそう言ってブラウスを脱ぎ、胸をはだけさせた。「エリザベータ」はそんな大森ゆきに自分の上着をバサッと投げつけてその身体を覆った。そして吠えた。

「自分の身体にそんなに自信があるのならそっちの方面に進みなさい。ピアノの世界をこれ以上穢したら許さないよ。」

大森ゆきは泣きながら、スタジオから走り去っていった。息を荒らげる「エリザベータ」の肩を「静夫」はポンポンッと叩いた。


「衝撃！　世界の「キサラギ」の裏の顔。パワハラ、セクハラ、何でもありの一週間」

週刊誌にこの記事が掲載されたのは、大森ゆきの指導を終えてから一週間後のことだった。「エリザベータ」は顔を覆い、「柊」は頭を抱えた。

「ああどうしよう。私の指導が厳しすぎたせいでこんなことに。」

「「エリザベータ」は何も悪くない。「柊」、このことは僕に任せてくれないか？」

「「静夫」、何か考えがあるのかい？」

「何もないさ。」

そう言って「静夫」は玄関のドアの前に立った。そこにはたくさんの報道陣が、たくさんのカメラが如月静夫を囲み、たくさんのICレコーダーが如月静夫に突きつけられた。

「如月さん、記事見られましたか?」

「はい。拝見しました。」

「記事の内容は事実なんですか?」

「事実無根です。ただ、私の指導が厳しいものだったのは、認めます。」

「ということは、パワハラはあったと?」

「いいえ。あくまで指導をしたのみです。」

「その指導が、女性にとっては苦痛だったのでは?」

「彼女はプロのピアニストになることを望んでいました。私は彼女にその可能性を見いだそうと努力したまでです。だが、残念ながら彼女には無理だった。私は、ピアニストとしての厳しい道を二十年以上歩いてきました。だからこそ私は、才ある者を指導することはできますが、才なき者をこの厳しい世界に放り込めるほど冷酷にはなれません。」

　この報道は、ゴールデンタイムに流された。如月静夫のホームページには賛否両論のコメントが殺到した。「静夫」に止められ、「柊」はコメントを全て受け流していた。

　数日後、一件の電話がかかってきた。木村未玖からだった。

「もしもし?」

「静夫？　ちょっとこれから会えない？」

「今？　忙しいんだけど。」

「忙しいのは分かってる。でも、十分、いいえ五分だけ、時間をください。」

「……いいよ。君が言っても聞かない人だってのは重々承知しているから。ただ今はこの有様だ。場所は俺が指定させていただく。」

「はい。どこでも行きます。」

夕刻、如月静夫は柚月えりかと通い始めた新しいバーのカウンター席に座っていた。一人でウオッカマティーニを飲んでいると、例の大物俳優がやって来て、肩をぽんと叩いた。

「如月君、大丈夫。いつかは収まるから。君は自分が正しいと思ったことをやったんだろう？」

「はい、そうです。お気遣い本当にありがとうございます。」

そう言って話をしていると、木村未玖が店内を恐る恐る見回しながらやってくるのが見えた。

「どうやら待っていた人が来たようだね。今日は柚月さんじゃないのかい？」

「ええ、ちょっと今日は訳ありでして。」

「そう。じゃあお邪魔にならないように席へ戻るよ。これからも頑張って。」

「はい。ありがとうございます。」

大物俳優は去って行き、如月静夫は木村未玖に向かって手を挙げた。木村未玖はおずおずとやって来たかと思うと、急に如月静夫の前に座り込み、土下座をした。

「如月静夫さん、本当に申し訳ございませんでした。まさかこんなことになるなんて。本当に、本当に申し訳ありませんでした。」

「……座りなよ。君は、これ以上この場の雰囲気を乱す気かい？」

木村未玖は泣きながら、如月静夫の隣に座った。

「何飲む？　ここは俺が奢るよ。」

「奢っていただくなんてとんでもない。ここの費用は私が支払わせていただきます。支払わせてください。」

「いい加減その口調やめなよ。未玖のせいだとは思ってないから。酒がまずくなる。」

「じゃあ……静夫と同じやつ。」

「マスター、ウオッカマティーニを。」

「かしこまりました。」

未玖はヒックヒックとむせびながら、ウオッカマティーニを一気に飲んだ。そしてほおっとため息をついた。

「ちょっとは落ち着いた？」

「うん。ありがと。静夫、本当にごめんなさい。まさか大森さんがこんなことするなんて思わなかった。」

「まあ俺の指導が厳しかったのは確かだよ。それにしても未玖、未玖の事務所に所属しているピアニストは、みんなあんなレベルなのか?」

「ううん。大森さんは特別レベルが低かった。あの記事の後でこっそり調べたら、うちの社長に「直談判」して採用されたようだった。」

「そうか。」

「今回の一件は完全に私の責任。静夫、償わせて。」

「償うって、どうやって?」

「私、今の事務所やめる。それで静夫のマネージャーになる。給料はいただかない。」

「静夫」が口を開こうとするのを「柊」が制止し、口を開いた。

「マネージャーになってくれるのはありがたい。けど、給料はちゃんと支払う。それで未玖の気が済むまでそうすればいい。いつやめてもらっても構わない。それで? 君には何ができる?」

「経理全般と、英語、フランス語、イタリア語、スペイン語、ドイツ語。」

「充分だ。まずは一年お願いしたい。その後はそれから考えよう。」

「分かった。よろしくお願いします。如月先生。」

「プライベートでは静夫のままでいいよ。こちらこそよろしく。」

「「静夫」しばらくは海外に拠点を移そう。国内での演奏は控えて、世界中を回るんだ。

ほとぼりが冷めるまではそうして、「名演奏」と語られるような演奏をして帰ってこよう。」

「そういうことか「柊」。うん、分かった。」

「ごめんなさい私のせいで。」

「「エリザベータ」は何も悪くないんだってば。海外で活躍して、本当の「世界のキサラギ」になって帰ってこよう。」

「そうだね「ジェシカ」。あ、海外へ飛ぶ前に、一つ電話を入れておかないと。」

「静夫」はそう言って一件電話をかけた。

「もしもし?」

「僕だよ。今大丈夫?」

「大丈夫だよ。なんか大変なことになってるね。大丈夫?」

「その件だけどゆりか、僕ちょっと海外を回ってくる。」

「そう。いってらっしゃい。必ず帰ってきてね。」

「うん。もう一回り大きくなって帰ってくるよ。」

　如月静夫は木村未玖とともに海外を巡り、各地で演奏を行った。未玖の活躍によりオーケストラとの共演も多くなり、数々の名演奏が生まれた。後に海外ではこの三年間が如月静夫の黄金時代と言われた。「如月静夫」の名は世界中に浸透し、世界を代表するオーケストラとの共演も叶った。

「シズオ、噂に違わず素晴らしい演奏だよ。でもちょっと色気が足りないかな。君の艶めきは若すぎる。まるで三十歳の女の子と演奏しているようだ。」

ある時、有名なイタリア人のテノール歌手とリハーサルをしていると、このような指摘を受けた。「ジェシカ」はそれを聞いて動揺したようだった。

「シズオ、君は、愛人は何人いるんだい？」

「愛人なんて、いませんよシニョーレ。私には一人、私の全ての愛を捧げると決めた女性がいるんです。」

「なるほどなあ。君の奥さんは元気かい？」

「シニョーレ、妻ではなく婚約者です。彼女は十年以上前に癌で亡くなりました。」

「そうだったのか。すまない。……でもシズオ、恋はした方がいいよ。私なんか十人はいるね。」

「ご冗談を。シニョーレ、これを聴いてもそう言えますか？」

「静夫」はそう言って「ジェシカ」と替わり、真緒のことを重ねつつ同じパッセージを奏でた。するとそのテノール歌手は拍手して、

「それだよシズオ。その響きだよ。」

と絶賛した。その時如月静夫は四十歳。「静夫」が初めて「ジェシカ」の表現を上回った

瞬間だった。「ジェシカ」は涙を眼にため、笑顔で「静夫」の肩をバシッと叩いた。

「シズオ、私が君に求めるものは「厳しさ」だ。」

世界的指揮者の元でオーケストラとのリハーサルを行っている時、指揮者はそう言った。その時は「エリザベータ」が弾いていた。

「「厳しさ」ですかマエストロ。」

「そうだ。君は絶望を知らない処女のような演奏をしている。それではこの曲は完成しない。」

不満そうに口を開きかけた「エリザベータ」を制止し、「静夫」が口を開いた。

「マエストロは、絶望を知る者が「厳しさ」を表現できるとお考えなのですか？」

「私はそう思うよ。」

「静夫」はしばらく目を閉じ、黙って宙を見上げた。

「……「モルテ」。」

「何だ。もうお前の前に姿を現すことはないと言ったはずだが。」

「悔しいけど、お前の力が必要だ。お前と重なって演奏させてくれ。一回で身につけてみせる。」

「……一回だけだ。」

「マエストロ。もう一度お願いします。」

「静夫」は「モルテ」と重なり演奏を始めた。するといままで出たことのない、厳しい響きをピアノは響かせ始めた。指揮者は目を見開いて如月静夫の方を見た。如月静夫は苦悩でゆがんだ顔をしていた。

「それだよシズオ。だが、君の表情はあまりに苦しすぎる。本番でそんな表情を見せてはいけないよ。」

「……大丈夫です。二度とこんな表情をすることはないでしょう。」

その時の演奏は、世界の「キサラギ」がまた一段と進化したと、批評家達を絶賛させることになった。「エリザベータ」は本番終了後、舞台袖で「静夫」を強く抱きしめた。

「やっと、やっと私を超えたね。おめでとう「静夫」。」

「ありがとう「エリザベータ」。これからもよろしく頼むよ。」


世界中で演奏活動を続け三年経ち、如月静夫は四十一歳を迎えた。

「未玖、君の贖罪はもういいいんじゃない?」

「本当に、もういいの静夫?」

「「もういい」も何も、俺は最初から未玖のせいじゃないって言ってるじゃない。これからは未玖の人生を歩んでいったら? 君の帰りを待ってるご主人とお子さんもいるんだろ?」

「なんで知ってるの?」

「たまに携帯の画面見てため息ついてたから。多分そうだろうなって。」

「……バレてたんだ。ごめんね。でも、本当にもういいの？」

「うん。そろそろ国内で活動しようかなって思ってたところだから。」

「そう。今までありがとうございます。如月先生。」

「こちらこそ、本当にありがとう。」


「うん。国内でも世界の「キサラギ」の名は着実に届いていたようだね。「師事したい」って依頼が何件も届いている。さあて、どう返信するかな？」

ホームページのコメント欄を見て「柊」が言った。

「私は前の「大森事件」みたいなのはごめんだよ。」

「もちろんそうだよな「エリザベータ」。女は怖い。改めて思い知ったよ。俺も気をつけないと。」

「おっ、「マイケル」にはいい薬になったじゃない。」

「そうだね「ジェシカ」。僕も生半可な気持ちで僕のところへ来て欲しくないって思ってる。そこでみんな、一つ提案がある。」

「何？」

「次の演奏会が世界の「キサラギ」の凱旋公演だ。その場ではっきりと言ってしまおう。「よほどの実力と覚悟がない者は、如月静夫の門を叩くな」って。メディアの反応は怖いけど、そうも言っていられない。僕たちにも寿命があるんだ。僕たちの寿命では音楽の世界はとても表現しきれないだろう。こう言っちゃ何だけど、今後無駄な時間を過ごしている余裕は一秒たりともないんだ。」

「そうだね。「静夫」、その役目、僕にやらせてくれ。」

「いいよ「柊」。任せる。」


如月静夫の凱旋公演は、満員御礼だった。メディア席にはたくさんのカメラが設置され、多くの記者が演奏を待っていた。如月静夫は舞台袖で出番を待ちながら、ブツブツとつぶやいていた。

「今日はどうする?」

「今日は年齢順で、「エリザベータ」、私、「マイケル」、最後に「静夫」で行こう。如月静夫のクロニクル的な感じで。最後の挨拶は「柊」、お願い。」

「了解。みんな、今日もよろしく頼む。」

四人はそれぞれの実力を遺憾なく発揮し、観客を魅了していった。四人は演奏ごとに曲調を変え、息つく隙など一瞬たりとも与えさせない世界を作り上げた。記者達も最初は熱心にメモを取っていたが、途中から如月静夫の演奏に目を奪われ、ペンを持つ手が止まってしまっていた。最後の「静夫」の演奏が終わると、「ブラボー!」という叫び声と共に会場が拍手で満たされた。長い拍手が終わったタイミングで「柊」はマイクを取った。

「会場の皆様、メディアの皆様、今日は私の演奏を聴きに来てくださり本当にありがとうございました。海外で活動していた間も「如月静夫」の名を忘れずにいてくださった方がこんなにもいらっしゃった。そのことに心から感謝いたします。ありがたいことに私に師事したい、というピアニストの方からの声もたくさん届いています。この国の音楽の発展に寄与したい、それは私の切なる願いです。ですが、皆様ご存じの通りピアニストとして生きていくことは、本当に厳しいことです。誰もがなれるわけじゃない。類い稀なる努力の才能と、もしかしたら天賦の才がなければピアノだけで生きていくことはできません。ですから、私に師事したいという方は、本物の覚悟を持って私の元にやって来ていただきたい。私の指導は本当に厳しいです。私の指導に耐えうる忍耐と覚悟を持った者にのみ、私の門戸は開かれます。そのことを、どうか承知していただきたいと思います。今日は本当にありがとうございました。」

「柊」はそう言って深々と頭を下げた。たくさんのフラッシュライトがたかれ、再び大きな拍手が如月静夫を包み込んだ。

演奏者用出口を出ると、たくさんの記者が詰めかけていた。まるであのラフマニノフの時のようだと思っていると、記者達がＩＣレコーダーを突き出して、「静夫」に質問してきた。

「如月静夫さん、今日も素晴らしい演奏でしたね。最後のコメントについて伺いたいのですが。」

「何ですか？」

「先ほど、「本物の覚悟を持って」とおっしゃいましたが、それは三年前の事件を受けてのことですか？」

「そうでもあり、そうでもありません。この国の将来を担う若きピアニスト達のためでもあり、この三年間で私が改めて感じた音楽の世界の広さと自分のつたなさから出た言葉でもあります。」

「この三年間、海外で活動されていましたが、三年前の事件の追及から逃れるためだとの声もありましたが、それについてどう思われますか？」

「あなたは先ほどから三年前の出来事にこだわってらっしゃいますね。逆に伺いたいのですがあなたは、今日の私の演奏を聴いてどう思われましたか？」

「どうと言われましても……素晴らしかったとしか。」

「三年前の私の演奏と比べてどう思いましたか？」

「三年前と同じく、素晴らしかったとしか言い様がないです。」

「どう「素晴らしかった」んですか？」

「どうと言われましても……」

「どうやらあなたにはこれ以上何を言っても伝わらないみたいですね。お忙しい中、取材お疲れさまです。」

「静夫」はそう言ってその場を立ち去った。このやりとりはゴールデンで放送された。SNSでは、「さすが世界の「キサラギ」、貫禄が違う」というコメントがあったり、「傲慢すぎ。自分をなんだと思っているんだ」というコメントもあった。

ある日、如月静夫と柚月えりかがいつものバーで飲んでいると、例の大物俳優が近づいてきた。

「やあ如月君、柚月さんこんばんは。」

「これは河上さん。こんばんは。」

「いつもお世話になっております。」

「いやいや。実は今日は如月君にお願いがあるんだ。隣いいかな？」

「もちろんです。どうぞ。」

「マスター、ラスティネイルを。」

「かしこまりました。」

ラスティネイルを一口飲み下して、河上は口を開いた。

「頼みというのはね、私を変えて欲しいんだ。君の演奏で。」

「あなたのような名俳優を、若輩者の私がですか？」

「そうだよ。実は恥ずかしいことに今自分の演技に限界を感じていてね。いつも聴いている如月君のピアノで新しい世界をこじ開けて欲しいんだ。勝手を言って悪いが、二週間後、ここで演奏して欲しい。マスター、悪いが二週間後の金曜日、貸し切りにしてくれ。」

「……承知しました。微力を尽くします。」

決意を固めたような如月静夫の横顔を柚月えりかが心配そうに見ていた。

「さて諸君、どうするよ？　相手は日本を代表する名俳優、河上龍吾だぜ。いつもの俺たちじゃとても太刀打ちできない。」

「まず「柊」、二週間スケジュール空けて。とりあえず、河上さんの出演作、全部見よう。それから考える。」

「そうね「静夫」。まずは「敵を知る」ところからだね。」

「二週間か……キツいけどやってみるよ。」

その日から一週間、四人は河上龍吾の出演作を見続けた。三人が寝静まった後も、「静夫」はずっと河上龍吾の演技を、表情を、声を感じ続けた。

そして一週間後、四人は再び集まった。

「どう？「静夫」、なんか摑めた？」

「そうだねえ……「ジェシカ」、「エリザベータ」にバッハの「主よ、人の望みの喜びよ」を教えてやってくれないかい？」

「私が、「エリザベータ」に？」

「「静夫」、どうして？」

「「エリザベータ」の表現力に、ジェシカの「優しさ」を加えるんだ。河上さんに足りないものの一つは、「女性らしい優しさと包容力」だ。今の「エリザベータ」は、流麗さは特級品だけど今ひとつ優しさと包容力に欠ける。」

「でも、河上龍吾は男性の俳優よ。女性らしさなんて求められているのかしら？」

「そのものは多分必要ないだろうね。でも、河上さんの中にいる「女性」を意識させることによってより表現が複雑になって、女優さんの演技とも一体感が増すだろう。」

「なるほど。」

「あともう一つ、河上さんを開眼させるのに必要なものがある。」

「「静夫」、それは何だ？」

「それは、これから電話する相手が鍵を握っている。」

そう言って「静夫」はインターネットで何やら検索してから一本電話をかけた。

「もしもし、ご無沙汰しております。如月静夫と申します。……ええ、その節は本当にお世話になりました。それで、インターネットで見たのですが、今演奏会を一つ抱えていらっしゃいますよね？　そのリハーサル、私に見せていただけませんでしょうか。……ええ……はい……ありがとうございます。では早速今日でもよろしいですか？　ありがとうございます。では失礼します。」

「静夫」は電話を切って急ぎ足で身支度を済ませ、家をでてコンサートホールに向かった。そこには一人の老人が、パイプオルガンを前に座っていた。如月静夫が入ってくるのを見て、その老人は立ち上がり、如月静夫と固い握手を交わした。

「如月君、久しぶりだね。活躍拝見しているよ。」

「恐縮です大原先生。急な依頼だったにもかかわらず聞いてくださって本当にありがとうございます。」

「いやいや、世界の「キサラギ」に頼まれたら断れる者などいないよ。それで？　今日はどうしたんだい？」

「実は、昔聴かせていただいた曲を一曲、また聴かせていただきたいんです。昔は先生のように表現できませんでしたが、今ならできるような気がするんです。」

「そんなことならお安いご用だよ。どうぞ、席の方へ。」

「静夫」は観客席に座った。すると荘厳で重層的な響きが、如月静夫の身体を震わせた。

「「静夫」、これは……」

「そうだよ「マイケル」。これが河上さんにプラスしたい要素。」

「なるほど。それで、俺はどうすればいい？」

「今回は静観でいいよ。「マイケル」にはもっと向いた相手がいる。「柊」から話は聞いてるかい？」

「ああ、聞いてるよ。けど、あの子達に俺の音楽なんて分かるんだろうか？」

「君が魂を込めて弾けば、伝わることはきっとあると思うよ。」

　約束の日が来て、如月静夫はいつものカウンター席に柚月えりかと座っていた。ウオッカマティーニを飲んでいると、河上龍吾が妻を連れて現れた。

「やあ如月君。どうだい調子の方は？」

「上々です。ご期待に添えるかどうか分かりませんが、私の全力を持ってお応えします。」

如月静夫はそう言って、心配そうな柚月えりかの肩をポンッと叩き、ピアノへ向かった。そして椅子に座りふうっと息を吐いた。

「頼むよ「エリザベータ」。」

「うん。」

緊張した面持ちで「エリザベータ」は「主よ、人の望みの喜びよ」を奏で始めた。優しく、母性のあふれた調べが河上龍吾を包み込んだ。河上龍吾は目を閉じて演奏に聴き入っていた。「エリザベータ」が演奏を終えると、「静夫」は河上龍吾に静かに切り出した。

「これが一つ目です。河上さんに足りないもの、それは、「女性の持つ母性と優しさ」です。今の演奏をもう一度反芻してみてください。そして自分の中にいる「女性」を探して、語り合ってみてください。」

「………………私の中の「女性」か。これまでの私の優しさはあくまで「男性」の優しさだったわけだね。」

「分かりますか？　さすが河上さんです。今の若い俳優さん達は中性的な優しさを持っている人も多いです。でも、河上さんの優しさは別のものです。これが分かれば今よりも表現が複雑になり、女優さんとシンクロした演技ができるようになると思います。」

「なるほど。それで？　これだけかい？」

「いいえ、もう一つあります。これは私からではなく、河上さんご自身の感性から導き出していただけると幸いです。」

「静夫」はもう一度ふうっと息を吐いて、奏で始めた。バッハの「トッカータとフーガ」だった。バーの店内の空気全てを支配するかのように、パイプオルガンの神聖なる響きのように、ピアノはその調べを余すことなく放った。河上龍吾はまたもや目をつぶって、黙って演奏を聴いていた。すると河上龍吾の目からつうっと涙が一粒流れ落ちた。河上龍吾の妻は「エリザベータ」の演奏の時から涙を流していたが、「静夫」の演奏を聴いて、ハンカチを顔から放せなくなってしまっていた。最後の和音を奏で、「静夫」はふうっと再び息を吐いた。

「……いかがですか河上さん。」

「ああ……分かるよ。私に足りないものは、神から啓示を受けているかのような沈黙、なんだね。」

「そうです。ただの沈黙ではない。神聖さすら感じるような沈黙。これです。」

「君は一体何者なんだい？　本音を言うと、大して期待していなかった。私にだって長年、様々な世界を表現し続けてきた自負があった。だから若い君から何かしら刺激があればいいな、程度にしか考えていなかったんだ。それがどうしてどうして、私の足りていないものをまっすぐ言い当てた。雷《いかずち》が走ったような感じがしたよ。」

「それはありがとうございます。河上さんの過去の出演作、全て拝見しました。その上で、私なりに考えた結論がこれら二つだったんです。お役に立てたのなら、これ以上の喜びはありません。」

「いやいや。全く。本当に驚いた。是非一杯奢らせてくれ。さすがは世界の「キサラギ」だ。」

　河上龍吾は如月静夫の両肩を抱き、マスターに特級品のブランデーを四杯、注文した。そして如月静夫と柚月えりか、妻にそれぞれグラスを渡し、グラスを高らかに掲げた。

「世界の「キサラギ」に、乾杯！」

　柚月えりかは安心した様子で、笑顔で如月静夫に向かってグラスを掲げた。河上龍吾はグラスからブランデーを一口含み、興奮した様子で如月静夫に話かけた。

「時に如月君。君は髭を生やしたりしないのかい？」

「……そう言えばないですね。」

「君、もう四十二だろ？　そろそろ髭生やすといいんじゃない？　私は役柄があるから自由にはできないが、君はそうじゃないだろう？　貫禄が出るよ。」

「貫禄なんて、まだまだ若輩者ですから。」

「その「若輩」面、もうやめなよ。君はもう世界に名を連ねる世界の「キサラギ」なんだ。もはや誰かに教えてもらうだけの立場じゃない。誰かに伝えていく立場でもあるんだよ。ねえ、柚月さんもそう思うだろう？」

「全くもってその通りですね。静夫、あなたはもっと後輩育成とか、他の世界の人たちに影響を与えることに力を注ぎなさいよ。」

「……そんなものだろうか？」

「そうさ。この河上龍吾と柚月えりかをしてそれを言わしめるんだから間違いないよ。自信を持つといい。」

その日から如月静夫は美容師のアドバイスを受けつつ髭を伸ばすようになった。ちゃんと整えていれば、それほど清潔感を失うことなく落ち着いた雰囲気を醸し出すことができた。

二ヶ月後、ニュースを見ていると、河上龍吾主演の映画公開前挨拶が放映されていた。河上龍吾は堂々とした面持ちで、こう語った。

「今回の作品は、私自身まだまだ成長できるんだということを実感させてくれるものになりました。この作品には、出演者の他に重要な人物がいます。世界の「キサラギ」こと、如月静夫君です。彼なしにこの作品の私はあり得なかった。私は心から彼に感謝しています。」

「マイケル」は、とあるスタジオに向かっていた。「柊」から依頼された仕事だった。正直「マイケル」は乗り気がしなかった。「彼女達」は本当に自分の音楽を理解してくれるのか？　この演奏に意味はあるのか？「マイケル」は首をかしげつつ、スタジオの扉を開けた。そこには十代、年上でも二十代後半の「彼女達」が椅子に座って如月静夫を待っていた。「マイケル」はピアノの前に立ち、一礼した。

「初めまして。如月静夫です。」

するると、割れんばかりの拍手と笑顔で「彼女達」は「マイケル」を迎えてくれた。

「それで……どんな曲をご希望で?」

「先生から聞いてたんですけど、如月さんはクラシック以外も弾けるんですよね?」

「ええまあ一応そうだけど……」

「それじゃあ、私たちのデビュー曲聴きたいです!」

それを聞いて「柊」ははあっとため息をつき、「マイケル」は表には出さずにブスッとした顔をした。

「な?「マイケル」、練習しておいてよかっただろ?」

「これ俺の役目じゃなくない?「静夫」、お前やれよ。」

「いんや。これは「マイケル」の役目。ご希望通り可愛い子達の前で弾かせてあげるよ。」

ニヤニヤしている「静夫」と「柊」を前に、はあっと「マイケル」はため息をつき、演奏を始めた。

一曲弾き終えると、「マイケル」の指が鍵盤の上を躍り、キラキラした可愛らしい音楽が流れた。「彼女達」はパチパチと拍手をした。「彼女達」は最近大流行のアイドルグループだった。

「すごおおい!　見た目はおじさんなのに、すごく可愛い!」

「ほんとお!　すごいね!」

「見た目おじさん」って。「マイケル」はもう一度はあっとため息をついた。よおおし、そっちがその気ならこっちも容赦しないぞと、「マイケル」は何の前触れもなしに超絶技巧の曲を叩き始めた。燃えるように情熱的な演奏に彼女達はぽかんと口を開け、「マイケル」の演奏に吸い寄せられた。「マイケル」は強く官能的な調べで彼女達を縛り、情熱の炎で焼き焦がした。

ひとしきり演奏し終わると静寂が訪れ、拍手が沸き起こった。彼女達は先ほどとは打って変わって、皆畏敬の眼差しで「マイケル」を見ていた。「マイケル」はそんな彼女達を見て、優しく微笑んだ。

「どうだった？　こんなのは好みじゃなかったかな？」

そうすると一人、また一人と彼女達は「マイケル」に近づいていき、口々に話しかけた。

「如月さん、本当にすごいんですね！」

「私、如月さんみたいにピアノ弾けるようになりたいです！」

「私、正直クラシックは興味なかったんですけど、如月さんのピアノ、すっごく感動しました！」

「私、昔ピアノ弾いてたことあるんです。如月先生、レッスンしてくれませんか？」

「『先生』はやめてくれよ。私は依頼されて、仕事としてここで演奏しただけだ。みんな、私のピアノから何か感じ取ってくれたかな？」

そう尋ねた「マイケル」に、彼女達は目をキラキラさせてうなずいた。「マイケル」はにっこりして、

「そう。それならよかった。依頼にも応えられたようだね。私はホール以外でも演奏しているとがあるから、よかったら探してみてね。」

「えーどこなんですか？　私知りたい！」

「私も！」

「大人の場所。いつかおいで。」

「マイケル」は笑って、スタジオを去った。するとスタジオの扉が開いて、アイドルグループの内の一人が駆け寄ってきた。

「如月さん。今日は本当にありがとうございました。今日の演奏聴いて、私ちょっと如月さんに相談したいことができたんですけど、連絡先教えてもらえませんか？」

「静夫」が宙を見上げ、「柊」が腕組みをする中、「マイケル」は名刺の裏にメールアドレスを書いて、彼女に渡した。

「はい、これ俺のメールアドレスね。他の人には教えないでくれよ。」

「はい。ありがとうございます。」

「音楽の先生の次は、アイドルかい。ほんと、懲りないよねえアンタは。」

「まあそう言いなさんなって「ジェシカ」。俺は彼女から切実な訴えを感じたんだ。何も

ノリで渡したわけじゃないよ。」

「私はこの件、一切関わらないよ。「マイケル」、アンタがなんとかしなさいよね。」

「分かってるよ「エリザベータ」。あ、でも、「静夫」の助けは借りたいかも。」

「えーやだよ。自分でやってよ。」

「そう言わずに、頼むから。な、俺たちの仲だろ？」

「……しょうがないなあ。」

「「静夫」、あなたの人の良さは、いいところでもあれば悪いところでもあるんだからね。」

「はい。「エリザベータ」。」


数日後、「マイケル」は指定された寿司屋の個室の中に入った。そこにはメールアドレスを渡した女の子ともう一人、先のアイドルグループへの演奏を依頼した人物、アイドルグループのプロデューサーをしている男がいた。

「これはどうも。なんだ、正式な依頼でしたら直接そう言って下さればよかったのに。」

「いや、そうじゃないんです。今日は、私はこの子に頼まれてここにいるだけです。如月さんに迷惑がかからないように。用件はあくまでこの子です。まあ、刺身を見繕ってもらってありますから、まずはお食べになってください。代金はこちら持ちで結構です。」

「そうですか。ではお相伴にあずかります。ありがとうございます。それじゃあ、ここはプライベートな場として考えればいいんですね？」

「それで結構です。」

しばらくして運ばれてきた旬の刺身と日本酒をいただきながら、「マイケル」は尋ねた。

「それで？　用件というのは？」

「私、今年いっぱいでグループを卒業するつもりなんです。それで、小さい頃からなりたかったピアニストになりたくて。如月先生、ご指導いただくことはできませんか？」

「俺の指導が厳しいってことは、前にあった事件と戻ってきてからのコンサートで言ったことで知ってるよね？」

「はい知ってます。それでも先生に教わりたいんです。」

「ピアノの経験は？」

「マイケル」がそう聞くと、そばで聞いていた男が言った。

「こう見えて、中学生の時にピアノコンクールで優勝しています。」

「国内の？」

「そうです。グループの中では、一番音楽性に優れていると思います。ご存じかもしれませんが、ここ一年ほどセンターを務めていました。」

「グループを卒業する理由は？」

「アイドルとしての自分に限界を感じたからです。」

「それでピアニストを目指そうと？」

「そうです。先日の如月先生の演奏を聴いて改めてそう思いました。」

「モデルとか、女優とかになる選択肢は？」

「マイケル」は彼女を見つめた。彼女の目には、涙がじんわり浮かんでいた。「マイケル」は真剣な表情で尋ねた。

「君はピアニストになりたいのかい？　それともピアノを弾きたいのかい？」

彼女は真剣な表情で答えた。

「どっちもです。私はこれからピアニストになって自分の世界を表現していきたいです。」

その答えに「マイケル」はにっこりした。

「よし。君が俺についてこられるなら、指導しよう。」

「本当ですか？　ありがとうございます。」

彼女は泣き笑いの表情で、如月静夫の手を握りしめた。「静夫」ははあっとため息をつき、「ジェシカ」は困り顔で、「エリザベータ」は腰に手を当てて、その様子を見ていた。

「君、名前は？」

「山本乃亜です。」

「歳は？」

「二十六です。」

「二十六かあ……十年で限界だな。まあ、卒業まではグループでの活動を全力で頑張るといいよ。あと、一人前になるまでは、俺に師事していることは隠しておいてくれ。」

「はい。ありがとうございます。」

「如月さん、うちの乃亜をよろしくお願いします。」

乃亜と男は揃って如月静夫に頭を下げた。

年が明け、乃亜の卒業ライブが終わってから、如月静夫は演奏の合間を縫って乃亜の指導をするようになった。「マイケル」は厳しく、時に「静夫」が優しく乃亜を指導した。乃亜は、最初は目も当てられないほどの演奏しかできなかったが、年を重ねるごとにだんだんと形になってきた。乃亜は約束を守り、如月静夫に師事していることは誰にも話さなかった。乃亜は五年、「マイケル」と「静夫」の指導に耐えた。その間の演奏会は、「静夫」「ジェシカ」と「エリザベータ」で演奏し、「マイケル」は休ませていた。

乃亜が如月静夫に師事して六年になった頃、如月静夫は彼女をいつものバーに連れて行った。

「いらっしゃいませ。いつものでよろしいですか？」

「ええ。君はどうする？」

「何かアルコールの弱いカクテルでお願いします。」

「えりか、君は？」

「静夫と同じでいいよ。それで？　彼女は？」

「この子の名は、山本乃亜。あのアイドルグループにいた子だよ。」

「ふうん。その元アイドルと静夫にどんな関係があるわけ？　まさか恋人になったとか？」

「違う違う。公表してないけど彼女はね、六年間俺の指導を受けてきたんだ。」

「そうなの？　あの一件で弟子を取るのはやめたんだと思ってた。」

「俺もね、最初は抵抗があった。でも彼女が本当に真剣についてきてくれたから、今日ここに連れてきたんだ。ここで認められれば如月静夫の弟子として認められるんじゃないかと思って。」

大物女優と世界的ピアニストの会話を緊張した面持ちで聞いていた乃亜は、如月静夫の言葉にびっくりして如月静夫を見た。「マイケル」は彼女に優しい笑みを浮かべた。

「ちょっと行ってくるから、君は見ているんだよ。」

そう言って「マイケル」はウオッカマティーニを飲み干し、いつものようにピアノへ向かった。「マイケル」らしい情熱的で燃えさかる炎のような演奏が終わると、客はいつものように「マイケル」を拍手で迎えた。

「マスター、ウオッカマティーニのお代わりを。……さあ、君の番だ。カクテルを飲み干しな。アルコールで緊張をほぐして、いつも通りの演奏をしておいで。」

「はい、先生。」

乃亜はカクテルをグイッと飲み干し、ピアノの前に座った。常連客は少し驚いた様子で乃亜と如月静夫を交互に見た。自分に向けられている視線を感じながら、乃亜は演奏を始めた。その演奏はミニ「マイケル」といったもので、まるで小さな炎が一生懸命にその場を暖めようとしているかのようだった。演奏が終わると控えめながらも拍手が起こった。

乃亜は涙を流して客に一礼した。

「乃亜、よくやった。えらいぞ。」

「ありがとうございます先生。これで私は如月静夫の弟子と名乗っていいですか？」

「いいよ。俺が認める。君はこれから世界の「キサラギ」の弟子として活躍していくんだ。くれぐれも俺の顔を潰してくれるなよ。」

「もちろんです。これからも一生懸命頑張りますのでよろしくお願いします。」

演奏後、如月静夫と柚月えりか、山本乃亜は三人で飲み続けた。

「先生、柚月さんとはいつからの仲なんですか？」

「いつ頃だったたっけ……ああ、俺が中三の時に共演して以来だな。」

「そうそう。それから私が個人的に静夫を呼び出すようになって、今に至る。」

「そんなにですか？　たまに記事とかに出たりしてましたけど、お二人はお付き合いとかされないんですか？　とってもお似合いに見えるんですけど。」

「私はそれでもいいと思ったんだけど、静夫が頑固に拒否するもんだから。」

「だからごめんって。」

「へえ……じゃあ、私にも可能性あるのかな。」

「おいおいやめてくれよ。指導してたってのが公表されるだけでもヤバいと思ってるのに、その上付き合ってるなんて報道されてみろ。俺はいつ後ろから刺されてもおかしくない。前から刺されてもおかしくない。」

「じゃあ、スクープ抜きにしたら、私と付き合ってくれるんですか？」

「ごめんだけどそれも無理。理由はえりかと同じ。俺にはね、婚約者がいたんだ。音大を出てね、本当にピアノが好きだった。でも彼女は癌で亡くなった。亡くなった時、彼女は今の君よりも年下だったよ。」

「そんな若くに……本当に人生ってままならないものですね。私は今、生きてピアノを弾けてるってことに感謝しないといけないんだ。でも先生、男性として私のことはどう思うんですか？　私は先生のこと、男性として大好きですよ。」

「あ、それ私も気になる。乃亜ちゃんに色目とか、使ってなかったでしょうね？」

「柚月さんと比べられたらたまりませんよ。で、どうなんですか先生？」

「俺、もう四十八だよ？　そんなおっさんにどう思われてるかなんて、気にしなくてよくない？」

「いや、気になります。六年間先生をずっと側で見ていましたけど、とても四十代には見えないんですよね。いって三十代後半かな？　みたいな。」

「マイケル」はウッと言葉に詰まった。「静夫」はそんな「マイケル」を押しのけ、こう言った。

「ちゃんと中身も四十八のおっさんだよ。若作りするつもりもない。君は……そうだね。綺麗になった。最初は可愛い女の子だと思ったけど、いつの間にかとても綺麗な女性へと成長していた。僕は君が「女の子」から「女性」へと変化する瞬間に立ち会えたことをうれしく思うよ。」

「そうですかあ……残念だけどとてもうれしいです。先生私これからも頑張りますね。」

山本乃亜がピアニストとしてテレビデビューを果たしたのは、その一ヶ月後のことだった。乃亜は一ヶ月でまた一段と成長し、その容姿に違わぬ美しい演奏をして見せた。演奏後、タレントとの対談で乃亜はこう語っていた。

「グループを卒業してから、私は如月静夫先生の元で指導を受けていました。今この場に立てているのは全て如月先生のおかげです。」

「如月静夫さんって……世界の「キサラギ」のこと？　乃亜ちゃんそんな人に指導受けてたの？」

「はい、六年間お世話になりました。」

「世界の「キサラギ」って言ったら、一度大きくスクープされてたじゃない。パワハラとかセクハラとかがあったとか。乃亜ちゃんにはそんなことなかったの？」

「ここではっきりと言わせていただきますけど、如月先生はそんな人じゃ決してありません。本当に過密なスケジュールの中、弟子の私に対して真剣に指導してくださいました。パワハラ？　セクハラ？　そんなもの一切ありません。如月先生は私の恩師です。私の前では、そんなデマは絶対に言わせません。」

「マイケル」と「静夫」は腕を交差させた。

「「マイケル」お疲れさま。」

「お前もありがとな「静夫」。」

如月静夫の五十歳の誕生日は、とある学校の体育館での演奏から始まった。如月静夫は山本乃亜を誘って学校を訪ねていた。如月静夫は静かに見つめる生徒達を前に、様々な曲を演奏した。まるで次々と色とりどりの絵画が現れる展覧会のような演奏だった。演奏が終わり、如月静夫は生徒達に語りかけた。

「私の演奏はどうだったかな？」

するると生徒達が口々に話し始めた。

「すごかった！　私には大きな何かが見えた。」

「ああ、それは「山」だよ。」

「僕には広い何かが見えた！」

「うん、それは「海」だよ。」

一つ一つの感想に、如月静夫は答えていった。最後にとある生徒から質問を受けた。

「如月先生は、将来何になりたいの？」

「私はね、魔法使いになりたいんだ。君たちのように、景色をはっきり見ることのできない人にも、私に見える鮮やかな景色を見せてあげたい。景色を見えることができる人には、見ることのできないものを見せてあげたい。私は、そんな魔法が使えるすごい魔法使いになりたい。」

その答えに、乃亜は涙を抑えきれずに泣き出した。その学校は、盲学校だった。

「今日はありがとうございます。生徒達も本当に感動していたみたいです。」

「それは何よりです。また機会があったらいつでも呼んでください。」

学校からの帰り道、乃亜が如月静夫に言った。

「先生、今日は呼んでくださってありがとうございました。なんか私、これから自分が進んでいくべき道が見えた気がします。」

「それはよかったよ。俺はこれから、全国を回ってこういう活動をやっていきたいと思っているんだ。この学校は手始めってわけ。」

「そうなんですね。じゃあその旅、私も同行させていただけませんか？」

「でも、メディア出演とかあるだろ？」

「先生だって演奏会とかあるじゃないですか。それはそれで活動していくんでしょ？　なら、私も大丈夫です。」

「そう……じゃあしっかりついてきて。乃亜ちゃんにも演奏してもらうからね。」

「その「ちゃん」付け、そろそろやめてもらえませんか先生？」

「じゃあ乃亜でいい？」

「いいですよ。なんかうれしいな。恋人みたい。」

「俺の寿命のためにも、それはくれぐれもメディアでは言わないでくれよ。」

如月静夫と山本乃亜は全国の盲学校を回り、演奏して生徒達を楽しませていった。乃亜は演奏会ごとに何かを掴んでいったらしく、成長著しかった。そうして活動を進めていく内に、如月静夫のホームページにとある投稿があった。珍しく英文で書かれていたコメントを読んでいた「柊」は目を剝いた。

「おいみんな、大変なことになってるぞ。」

「どうしたの「柊」？」

「僕たちの活動が、アン・スミスの目にとまった。演奏を依頼してきてる。」

「アン・スミスって、ハリウッドスターのあの人？」

「そう。マネージャーから来ているから、おそらく本物だろう。とんだビッグネームからご指名がきたもんだ。」

「返事は？」

「もちろんOKだろ。このチャンス、必ずものにしてみせるさ。」

「じゃあさ……里奈と乃亜も連れて行っていいかな？　彼女達にとってもいい経験になるだろう。」

「了解。急ぎマネージャーさんに連絡を取ってみよう。あと、彼女達にも声をかけるね。」

「よろしく頼むよ「柊」。」

二ヶ月後、如月静夫と佐々木里奈と山本乃亜は飛行機に乗っていた。

「先生、こんな機会を与えてくださって本当にありがとうございます。乃亜さん、今回のチャンス、絶対に掴もうね。」

「そうですね里奈さん、お互い頑張りましょう！」

「ところで二人とも、もちろん英語は話せるんだよね？」

「私は話せますが、乃亜さんは？」

「私は……ちょっと……」

「げっ、そうなの？　しょうがないなあ、俺が通訳するから。」

「すいません先生。」

空港に着くと、背の高い男性が三人を待ち受けていた。

「初めましてMr.キサラギ。私はアン・スミスのマネージャーをしているジョン・ウイリアムズといいます。」

「よろしくMr.ウイリアムズ。シズオ・キサラギです。あとこちらが、リナ・ササキとノア・ヤマモトです。」

「初めまして。」

「ナ、ナイスチューミーチュー。」

「リナ、ノア。アメリカへようこそ！　さあ、ご案内しましょう。」

三人はいかにも頑丈そうなキャデラックに乗せられ、目的地へ向かった。そこは超高級住宅街のど真ん中に位置しており、とんでもなく大きい邸宅が三人を待ち構えていた。玄関の扉を開くとホテルのラウンジのような空間が広がっており、アン・スミスその人が立っていた。

「Mr.キサラギ！　待っていたわ！　アメリカへようこそ！」

「ありがとうMs.スミス。今夜はよろしく。」

「アンでいいわよ。さあ、リビングでくつろいでちょうだい。あらそちらのお嬢さん達はどなた？」

「私の弟子です。今日は是非ともこの二人にも演奏させていただきたい。一曲だけでもいいので。あと私のことはシズオで結構です。」

「シズオのお弟子さんなら大歓迎よ。名前はなんていうの？」

「リナ・ササキといいます。」

「ア、アイムノア・ヤマモト。」

「あら、そちらのお嬢さんは英語は苦手？」

「失礼ながら。なので私が通訳します。」

「ノア、タノシンデネ。Take it easy!」

「イ、イエス。センキューベリーマッチ。」

広々としたリビングで三人はアン・スミスと語り合った。

「シズオ、あなたの活動は知ってるわ。とても素晴らしいことをしているのね。」

「アン、あなたも積極的に慈善事業をされているとか。さすがはハリウッドスターです。」

「そんなことないわよ。持てるものが与える、これは当然のことよ。」

「日本ではなかなかそういう活動はこちらほど盛んではないですからね。これから広がっていくことを願っています。」

「そうね。ところで今日はどんな曲を弾いてくれるの？」

「そうですね……せっかくアメリカまで来たのですから、ガーシュインの「ラプソディー・イン・ブルー」は外せませんね。あと何曲か、その場の雰囲気を壊さないように演奏します。」

「ダメよシズオ。雰囲気なんか気にせずにしっかりと演奏してちょうだい。日本の方は控えめすぎるところがいけないところね。」

「申し訳ありません。じゃあお言葉に甘えて存分に暴れさせていただきます。でも、いいんですか？　私が暴れ出したら、あなたのパーティーじゃなくなっちゃいますよ？」

　するとアン・スミスは大笑いして、

「それで結構よ。存分に暴れてちょうだい。」

と言い返してきた。その様子を里奈はおかしそうに眺め、乃亜はぽかんとして聞いていた。

　その夜のパーティーは夕刻からアン・スミスの知人のハリウッドスターで会場がいっぱいになった。圧倒的なオーラに呑まれそうになる二人の背を押して、如月静夫は会場に入っていった。するとアン・スミスがマイクを手にしてこう言った。

「今日のスペシャルゲスト、シズオ・キサラギとリナ・ササキ、ノア・ヤマモトです！」

　すると会場から大きな拍手が沸き起こった。パーティーは立食形式で、各々が好きな飲み物を飲み、食事をつまんで歓談していた。三人はそのきらびやかな渦の中を渡り、スタインウェイの前に立った。

「俺がまず一曲演奏して、緊張をほぐしてあげる。ちょっとバーカウンターにでも座って聴いてな。」

そう言って如月静夫はピアノの前に座った。

「さあて、どうする？」

「まずは僕にやらせて欲しい。今日この場に集まった皆さんに敬意を表して、映画ソングメドレーで行こう。それからは、いつものウオッカマティーニを飲んで考える。」

「よおし「静夫」、しまっていけよ！」

「静夫」はスタインウェイをなでて挨拶し、鍵盤を叩き始めた。色彩豊かで壮大で、ダイナミックな映画音楽が流れ、その場にいたスター達は驚いた表情で「静夫」に引き寄せられた。「静夫」はスターの顔を見つける度にそのスターの代表作の曲を奏でていった。演奏が終わると歓声と共に大きな拍手が起こった。「静夫」はマイクを取り、挨拶をした。

「皆様初めまして。シズオ・キサラギです。今日はこのような素晴らしい場で皆様と一緒にいられることを本当に光栄に思います。本日一曲目は皆様に敬意を表し、皆様の代表作から曲を拝借しました。今度はアメリカという国に敬意を表し、アメリカの著名な作曲家、ガーシュインの曲を二曲、そしてドヴォルザークの「新世界より」の第四楽章をお送りします。どうぞ、シャンパーニュとお食事と共にお楽しみください。」

如月静夫は再び椅子に座った。

「お次はどなたがご希望ですか？」

「はい！「アイ・ガット・リズム」は私がやりたい！」

「じゃあ「ジェシカ」、頼む。」

「ジェシカ」は本当に楽しそうに、跳ねるように、踊るように音楽を奏でていった。スター達は話に花を咲かせながら、足でリズムを取りだした。

「「ジェシカ」こんな弾き方できたっけ？　すごく心地よくてからだが踊り出しそうだ。」

「へへん。「静夫」の十年は私の十年でもあるのよ。私だって新しい技術くらい身につけてみせますよお！　さあ、クライマックスだ！」

「ジェシカ」が華やかに演奏を終えると、再び歓声と共に大きな拍手が沸き起こった。

「さて、残りの二曲は後にして、私はちょっと一杯飲んできます。」

ハハハハハ！

「その間、私の弟子達の演奏をお楽しみください。何にしようかなあ。アン、ウオッカマティーニは飲めるかい？」

「もちろんよシズオ。でも、飲み方は？」

「「Shaken, not stirred.」」

ヒュー――ッ！　ハハハハハハハハハハ！

如月静夫は笑いながら席を立ち、バーカウンターの方へ向かった。そこには未だ緊張で固まっている二人の姿があった。「マイケル」は笑顔で二人の肩をバシッと叩き、背中を押した。

「さあ、行っておいで！　俺のカワイイ弟子ども！」

「はい！　行ってきます！」

「先生も飲んだくれてないでちゃんと聴いててくださいよ！」

しばらくすると、里奈の響きが聞こえてきた。里奈は持ち前の繊細さは失うことなく、より大きく優しく成長していた。スター達は里奈の演奏を心安らいだ表情で聞き入っていた。そしてまたしばらく間が空いて、乃亜の演奏が聞こえてきた。乃亜の演奏はまるで大きな大人達に一生懸命にアピールしている子どものような可愛らしい演奏だった。里奈はしばらく見ないうちに本当に成長したなあ、乃亜は今の演奏でも可愛いっちゃあ可愛いけど、まだまだ成長しないといけないなあなどと思いながら、ウオッカマティーニを飲んでいると、アンが話しかけてきた。

「あなたのお弟子さんも、なかなかのものじゃない。リナはとってても優しくておしとやかで、ノアは可愛くって抱きしめたくなりそうで。でも、さすがはシズオね。自分の演奏で惹きつけてから二人に演奏させるなんて、弟子思いなお師匠さんですこと。」

「どうも。アン、楽しんでくれてますか？」

「もちろんよ。ゲストの皆さんも楽しんでくれているみたい。本当にあり……」

「おっと、そのお礼は私の二曲を聴いてからにしていただきましょう。」

そう言って如月静夫は席を立ち、里奈と乃亜を抱きしめた。

「よくやったね！　今度は俺の番、よくお勉強しておくように。」

如月静夫は再び椅子に座った。

「お次はどなた？」

「じゃあ「ラプソディー・イン・ブルー」は俺がやろう。」

「お、「マイケル」か。頑張ってね。もしかしたらハリウッド女優の皆さんをメロメロにできるかもよ？」

「「ジェシカ」、それは「もしかしたら」じゃなく「必然」だ。」

「マイケル」はそう言ってニヤリとし、「ラプソディー・イン・ブルー」を奏で始めた。クラシックとジャズを融合させた名曲を軽やかに色っぽく奏でる「マイケル」の見事な演奏は、若手大御所問わず全てのハリウッド女優を魅了し、男達に軽い嫉妬を残していった。

「おい誰か！　シズオにウオッカマティーニだ。一回やめさせちまわないと、ハリウッドから女がいなくなっちまう！」

ヒューッ！　ハハハハハハハハハハ！

如月静夫はいろんな人に肩を叩かれながらバーカウンターに戻り、ウオッカマティーニを飲んだ。そして近寄ってくる女優達を軽くいなし、席へと戻った。

「さあ、最後は？」

「じゃあドヴォルザークは私がやろう。でも「静夫」、これが最後じゃないかもよ。」

「その時は「エリザベータ」、僕のとっておきを披露するさ。」

「エリザベータ」は重厚で斬新な響きをピアノから響かせ、女優達はまたもやうっとりとし、今度は男達も圧倒されて聴いていた。

「おい「エリザベータ」、お前男だけじゃなくて女も惹きつけるようになっちまったのか？」

「うるさいよ「マイケル」。名曲と名演奏家は男女問わず人を惹きつけるもんなの。」

「エリザベータ」がドラマティックに演奏を終えると、拍手がいつまでも続いていた。

「シズオ！」

「シズオ！」

如月静夫は笑顔で一礼し、スター達の中に入り込んでいった。スター達はある者は固い握手を交わし、ある者は如月静夫を抱きしめ、ある者は今度はウチのパーティーで弾いてくれないかと頼んできた。「柊」は流暢な英語でお礼を言い、ジョークを言ってスター達を笑わせた。そしてバーカウンターの方に戻り、ウオッカマティーニを飲みながら里奈と乃亜を引きずって渦の中に放り込んだ。里奈は終始楽しそうに、乃亜は目を白黒させながら里奈の後ろについていった。まるでお姉ちゃんと妹みたいだと「静夫」は横目で見てにっこりした。

パーティーが始まって三時間が経過し、そろそろお開きムードが漂ってきた頃、アンが如月静夫の方に向かってきた。

「シズオ、もうパーティーもお開きだから、最後に一曲弾いてくれないかしら？」

「もちろんいいですよ。酔い覚ましに一節、ピアノに歌ってもらいましょう。」

　如月静夫はピアノをもう一度愛おしそうになで、椅子に座った。そして奏で始めた。


　その調べは、瞬く間にパーティー会場を桜満開の景色に変えてしまった。幻想的に咲く桜の木々は満月の光に照らされ、幾千幾万の花は春の夜にこの世のものとは思えないほど美しくはかなく咲き、春風に乗って舞う花びらは、会場にいる者の心の水面に静かに舞い降り、波紋を立てた。帰ろうとしていた者は目の前を桜色の花びらで覆われ立ち止まり、酒で心を高ぶらせていた者は心を静謐に奪われ立ち尽くし、先ほどまでの演奏で心揺さぶられていた者は、耐えることなどできず涙を流した。後にハリウッドセレブ達の間では、シズオ・キサラギの名演奏といえばと聞かれると、その場にいた者もその場にいなかった者も口をそろえてこう言ったという。

「アン・スミスのパーティーにシズオ・キサラギが招かれた時に弾いてくれた最後の曲だよ。」

　その曲は幻想曲「さくらさくら」だった。

　パーティーが終わり、アン・スミスは三人を自宅に泊めてくれた。三人にはそれぞれ個室があてがわれ、如月静夫は一人、部屋の中でぼんやりしていた。空には満月が優しく光っていた。

「「静夫」お疲れさま。最後の演奏、すごかったよ。みんなの心を一瞬にして奪ってしまった。」

「ほんと「静夫」様々だな。あれにはこの俺もやられたよ。」

「もうお客さんを感動させるという点では、「静夫」が四人の中で一番だね。あれには参ったわ。」

「みんなありがとう。みんなも本当にお疲れさま。」

「静夫」が四人と会話していると、コンコンコン、とドアがノックされた。「どうぞ」と応えると静かにドアを開けて、里奈が入ってきた。

「先生、すいません遅くに。」

「いいよ。どうしたの？」

「なんか、眠れなくて。」

「絵本でも読んであげようか？」

「バカ」

里奈はそう言って「静夫」を抱きしめた。

「なんか「バカ」って言われたの久しぶりだな。真緒のこと思い出す。」

「やっぱり真緒さんなの？」

「ごめんな。ハーブティーでも入れるよ。ベッドにでも座ってて。」

「静夫」がお茶を入れていると、コンコンコン、とドアがノックされた。「どうぞ」と応えると、おずおずと乃亜が入ってきた。ゴソゴソ、と音がしてベッドの方を見ると里奈がベッドの中に隠れていた。

「どうしたの？　こんな遅くに。」

「なんか眠れなくて。」

「絵本でも読んであげようか？」

「バカなこと言わないでください。」

乃亜はそう言って「静夫」を抱きしめた。

「乃亜に「バカ」って言われたの初めてな気がする。」

「あ、すいませんつい。今日の演奏で、私また先生のことが好きになっちゃいました。先生、私先生のことが」

そういう乃亜の口を「静夫」は人差し指で塞いだ。

「それは言わないお約束でしょ？」

「そんな約束してませんよ。」

「全くそろいもそろって……里奈、隠れてないで出ておいでよ。」

するとと里奈がベッドからもぞもぞと出てきて恥ずかしそうな顔をした。

「あーっ里奈さん抜け駆けですか？　ズルい！」

「抜け駆けじゃないよお。付き合いは私の方が長いもん。」

「じゃあ競争ですね。どっちが先生から真緒さんの影を消して自分のものにできるか。私、元アイドルの名をかけて負けませんから。」

「「元」アイドルでしょ？　だったら私も負けないもん。」

二人が言い合っていると、またもやコンコンとドアがノックされた。今度は誰だと思いながら「どうぞ」と応えると、部屋着姿のアン・スミスが立っていた。

「おや？　お邪魔だったかしら？」

「とんでもありません。どうぞ中へ。今ハーブティーを入れてますから一緒にいかがですか？」

「その丁寧な口調、そろそろやめてよ。私たち、もう知り合いなのよ？」

「そりゃあだって、君はハリウッドの大スターだからね。こちらは一介のピアニストなんだから丁寧に話して当然だろ？」

「「一介の」？　あなた本気で言ってるの？　あなたは世界を代表するピアニストなんだよ。」

「それたまに言われるけどさあ、いまいち実感がないんだよね。まだまだ成長したいし、表現できないこともいっぱいあるし。」

「そんなことは関係ない。あなたはもはや、私と同じように世界に影響を与えることのできる人物の内の一人なの。あなたの言動が人を動かしていくことだってあるんだから。気をつけなよ。」

「諫言、痛み入ります。ところで、俺に何か用があったの？」

「そう。……それはここでは話せないわ。私の部屋へ来てくれる？」

「いいよ。里奈、乃亜、ちょっと行ってくるね。二人でハーブティーでも飲んでて。」

「えー先生それはないですよお。」

「ほんとですよお。早く戻ってきてくださいね。さっきの話の続きしないとですから。」

アンの寝室はシックで落ち着いた内装だった。華美なものはなく、上品な装飾品が置かれていた。「静夫」はアンに言われるがまま、椅子に腰掛けた。

「それで俺に話というのは？」

「今日の演奏、本当に素敵だった。特に最後の一曲、私も心をすっかり持って行かれてしまったわ。私の恋人になってよシズオ。」

その発言に「ジェシカ」は両頬に手をあて口をあんぐりと開け、「エリザベータ」は両手で顔を覆い、「マイケル」は狂喜乱舞して「静夫」の肩をバシバシ叩き、「柊」はあきれた顔で「静夫」を見ていた。

「全くどいつもこいつも……あのね、アン。ああもう、これ言うの何度目だろう。俺には婚約者がいたんだ。けれど彼女は亡くなってしまった。俺は彼女のことが忘れられないんだよ。」

「その婚約者さん、なんて名前なの？」

「マオ・ササキ。この人こそが俺の愛を受けることのできる唯一の人だ。」

「じゃあマオのことは、私が忘れさせてあげる。」

「それも誰かに言われたような気がするなあ。だから無理なの。アン……」

そう言いだした「静夫」の唇をアンは奪ってしまった。とても激しく、情熱的な口づけだった。

「どう？　私のキスの味は？　他の女とは比べものにならないでしょ？」

「うーん。確かにアンのキスは他のどんな女性のキスよりすごいよ。さすがはハリウッド女優といったところだね。」

「なに冷静に分析してんの。ね？　シズオ」

「なあアン、もし俺たちが付き合ったとしたら、超遠距離恋愛になるぞ。俺だってそう頻繁にアメリカになんか来られない。アンはそれでもいいのか？」

「じゃあ今度私日本の映画出るよ。それか、女優やめる。」

「待て待て待て。俺が原因で君が女優をやめるなんてことになってみろ、俺は世界中で背中を壁につけて歩かなきゃならない。」

「それじゃシズオがアメリカに来てよ。それならいいでしょ？」

「うーん俺まだ日本でやりたいこともあるし、置いてきた忘れられない人もいるんだけど。ダメ？」

「ダメ。シズオは私のものになって。」

アンはそう言ってまた舌を絡めてきた。「静夫」の口の中はアンの柔らかい舌でいっぱいになった。「静夫」の目の裏には、真緒の姿がちらついていた。真緒、もういいのか？　でも、俺、真緒のことが忘れられないよ……まぶたの裏の真緒は何かを言っているようだったが、「静夫」には聞こえなかった。「静夫」はアンをベッドに押し倒した。そしてアンの首筋にキスをした。アンは熱い吐息を漏らし、「静夫」を抱きしめた。アンに抱きしめられながら、「静夫」はアンを見つめた。

「なあアン。本当に、俺じゃなきゃダメなのか？　俺たち会ったばかりだろ？　それに君、確かまだ三十六だろ？　こんなおじさんの俺の他に、いくらでもいるだろうに。」

「ここまで来てシズオ、そんな冷めたこと言うの？　ダメよ。アメリカ人の「I love you.」はそう簡単に出てくる言葉じゃないんだからね。」

「そうか……それじゃあ今晩は君の言葉に応えなきゃいけないな。」

「Of course you must.」

そして二人は情熱的なひとときを過ごした。

「俺、部屋に戻るね。」

「うん。あなたの返事待ってるから。」

部屋に戻ると、里奈と乃亜がベッドの上ですやすやと眠っていた。やれやれ、と思いながら、「静夫」は二人に布団をかぶせ、ソファに横になったが、結局眠れず、ハーブティーを飲んでいるうちに朝がやって来てしまった。

朝、最初に目覚めたのは里奈だった。

「あーあ、うーん、静夫さんおはよう。いつ戻ってきたの？」

「三時間ほど前かな。」

「寝てないの？」

「なんか眠れなくて。」

「絵本でも読んであげよっか？」

「いいよもう朝だし。」

そんな会話をしていると、乃亜が目を覚ました。

「あ、先生おはよう。里奈さん起きてたんだね。」

「ああ、おはよう。」

「おはよう。」

「それで？　昨日はどうだったんですか先生？　アンさんに何言われたんですか？」

「秘密。」

「えーそんなあ。」

そんな会話をしていると、扉をノックする音と、「朝食ができました」というメイドの声が聞こえてきた。「静夫」は話をうやむやにして三人で下の階へ下りていった。ダイニングでは、アンがコーヒーを飲んで三人を待っていた。

「アン、おはよう。」

「おはよう。リナ、ノア、昨日はよく眠れた？」

「はい、おかげさまで。ありがとうございます。」

「サンキューベリーマッチ。」

「ノア、あなたはもっと英語勉強しようね。」

四人で簡単な朝食を取り、里奈と乃亜が荷造りをしている間、「静夫」とアンはソファで二人、腰掛けて話をしていた。

「アン、昨晩のことだけどさ。」

「うん。私も寝たら落ち着いた。いきなり交際を迫ってもシズオも困るよね。でも、あなたを愛してる気持ちは変わらなかった。私は、あなたを愛してる。シズオが私の愛に応えてくれるまで、私待ってるからね。」

「アン、別に待たなくていいんだよ。他の男からアプローチされたら、自分の人生を優先してくれ。」

「ありがとう。でも、私は頑固だからね。そうそう気持ちは変わらないよ。バカシズオ、覚悟してね。」

「ああ、分かったよ。あ、もし日本に来ることがあったらこのバーに寄ってみて。俺たまにここで弾いてるんだ。」

「分かったわ。でも日本に行くならシズオに必ず逢うんだから。必ず連絡するからね。」

「ああ、連絡待ってるよ。俺も、できればアメリカに演奏しに行くから、その時は連絡す三人はアンのマネージャーの車に乗り、帰国の途についた。

二人は付き合いたての恋人のようにキスをして、「静夫」は自分の部屋へ戻った。そしてる。」

「うん。待ってる。」

「それで、「静夫」君は齢五十一歳にしてやあっと新たな人生を歩み始めた、と。」

「茶化すなよ「エリザベータ」。僕はまだ迷っているんだ。」

「お前さあ、ハリウッドセレブにあれだけ迫られてその態度ってどうよ？　このチキン野郎が。」

「ほんと。「静夫」の演奏には一体どんな力があるんだろうね。女性の心を次々と鷲摑みにしていくんだから。ゆりかにもちゃんと報告しなよ。あと里奈と乃亜にも。」

「「柊」はどう思う？　今回の件。」

「僕は……うーん……なんとも言えないなあ。アンが後ろ盾になってくれれば強力なパトロンを得ることになるじゃない？　それはそれで魅力的な話だと思うし……。」

「「柊」は相変わらず理性的だなあ。俺なら即ＯＫだね。」

「そりゃアンタはね。まあこの件は「静夫」に任せましょ。」

「そうだね「ジェシカ」。私は面白おかしく見ていることにするよ。」

「「エリザベータ」、ひどい。」

「なあにそれ？　ハリウッド女優と付き合うことになりそうって？」

「ゆりか声が大きい。しかもまだ未定だし。」

二人はいつものバーで話をしていた。ゆりかはふくれっ面で「静夫」の方を見た。

「私がどれだけ迫ってもダメだったのになんなのそれ？「静夫」、どういうことよ？」

「だからまだ未定なんだって。でもね、アンはゆりかと同じだったたんだ。」

「どういうこと？」

「真緒のことを一時、忘れさせてくれた。」

「……そうだったんだ。アン・スミスって昔の私みたいな人なんだね。うーん、それでもなんか納得いかないなあ。里奈ちゃんと乃亜ちゃんは知ってるの？」

「いや、まだ知らない。」

「言ってないの？　付き合うなら早く言いなよ。二人とも、可愛い弟子なんだからもっと大事にしないと。女としてもね。」

「そうなんだけど……なんか僕、アンとは付き合わない気がするんだよなあ。」

「何でよ？」

「静夫」はウオッカマティーニをグイッと飲み干し、ゆりかの方を見た。

「だってこうやって僕たちも結局恋人にはなっていないじゃない？」

「なんなら今からでもなっていいんだよ？」

「……ちょっと弾いてくる。」

「静夫」は席を立ち、ピアノの前に立った。いつもありがとうとピアノをなでてから、「静夫」は演奏を始めた。ショパンの「華麗なる大円舞曲」だった。「静夫」はアメリカで経験した出来事を重ねて演奏した。するとピアノはあでやかで華やかな響きでバーをいっぱいにした。

「また一段とスケールが大きくなったね。それが今回の成果？」

「そう。多分今回の件は僕にとっての「非日常」だったんだ。アンとの一夜もね。」

ゆりかははあっと深いため息をついた。

「ああ、かわいそうなアンさん。かわいそうな私。かわいそうな里奈ちゃんと乃亜ちゃん。「静夫」、全部あなたのせいだからね。本っ当に、罪な男。マスターこれもう一杯ちょうだい。それとこの罪深き男に何か強いやつ見舞ってやって。」

「かしこまりました。」

「マスター勘弁してください。もう酔っ払います。できれば弱いやつで。」

「ダメです。今日は全ての女性から如月さんへの鉄槌を仰せつかっていますので。」

「そんなあ」

情けない声をあげる「静夫」を見て、ゆりかはぷっと吹き出した。

アン・スミスは年に三回ほど、お忍びで日本を訪れるようになった。アンはその度に

「静夫」に連絡を取り、一緒に時を過ごした。初めて来日したその日の夜に、「静夫」はアンにゆりかを紹介した。

「こちら、俺の友人のユリカ・キサラギ。日本では「エリカ・ユヅキ」という名前で女優をやっている。」

「初めまして。アン・スミスです。アンでいいわ。」

「初めましてアン。私もユリカでいいから。」

「シズオ、ユリカも「キサラギ」ってどういうこと？　まさか二人は夫婦なの？」

「違うよ。偶然ファミリーネームが一緒なだけ。」

「私はそうなりたいと思っているんだけど、バカシズオが頑固で、仕方なく友達のままでいるの。」

「そうなの？　じゃあユリカは私のライバルなのね。」

「リナとノアもそうだよ。」

「あの二人も？　シズオ、全く、あなたって人は。」

「あのねえ、俺だって困ってるんだからね。誰を選んでもスクープになっちゃうんだからら。それに真緒のことは忘れられないし。」

「一体マオって何者なの？　こんなにもシズオを引き留めていられる女ってどんな人だったの？」

「アン、真緒はね……」

「静夫」は真緒との出会いから真緒の死までをゆっくりと丁寧に話した。話をしている途中から「静夫」の目には涙が浮かび、真緒の死の話では嗚咽を漏らしていた。ゆりかとアンは二人で「静夫」の肩を抱いた。「静夫」は二人に腕の中で、下を向いてしばらく泣いていた。

「ああ、ダメだ。この話をするといつもこうだ。ごめんなアン、ゆりか。」

「いいよ「静夫」。あなたはそのままで。」

「「静夫」、悲しいこと思い出させてごめんなさい。」

アンは自分の方に顔を向け、「静夫」の目をのぞき込んだ。

「でもシズオ、もう前を向かなきゃダメよ。私は、あなたを愛してる。あなたも、私を愛して。」

「アメリカの人は本当にはっきりものを言うね。「静夫」、いいんじゃない？　付き合ってあげれば。アンの気が済むまで。」

「ゆりかはいいの？」

「真緒の話を聞いた上でこうもはっきり言われちゃあ、しょうがないでしょ？　アン、無駄だと思うけどやってみれば？」

「うんユリカ。私が必ずマオから奪ってみせる。さあシズオ、行こ。」

アンは「静夫」を連れて席を立った。ゆりかはバーカウンターの向こうを見ながら、グラスを傾けていた。

「柚月さん、本当によろしかったんですか？」

「もちろんはらわた煮えくりかえってるよ。でもねえ若いバーテンダーさん、経験者はね、こういうときは黙って見ているものなのよ。」

「静夫」はアンが来日した時は、日本中の名所をアンと一緒に回った。そして「静夫」が渡米した時は、必ずアンが隣にいて、「静夫」の演奏に聴き惚れていた。そうしている内に「ハリウッド女優のアン・スミスの恋人は世界的ピアニストの如月静夫だ」ということが知れ渡り、世界中で大きく報道された。

「これどういうことですか？　アンさんならよかったの？　このバカ！」

と里奈にスポーツ新聞でひっぱたかれ、

「先生ひどいじゃないですか！　このバカ！」

と乃亜に週刊誌でひっぱたかれた以外は、二人の関係は順調だった。「静夫」とアンは出逢う度に愛を深めていったかに見えた。しかしアンはいつも「静夫」の影に真緒がいることを感じていた。「静夫」とアンの関係は三年にも及んだ。

如月静夫が五十四歳となった誕生日、「静夫」とアンはニューヨークの夜景が一望できるレストランにいた。「静夫」はいつも通り振る舞っていたが、アンはどこか思い悩んでいるようだった。デザートまで平らげ、「静夫」がチーズと残りのワインのマリアージュを楽しんでいると、アンは決心したような表情をして「静夫」に向き合った。

「シズオ、私たち別れよう。」

「静夫」はワインを吹き出しそうになり、目を白黒させてアンを見た。

「どういうこと？　俺何か悪いことした？」

「ううん。私の負けよ。マオには勝てなかった。今日が恋人として最後の夜にしよう。恋人としてはもう無理だけど、これからは友達として接して。」

「……アン、本当にごめんな。」

「ううん。私の力が足りなかっただけ。」

その夜、二人はベッドの上で恋人として最後のひとときを過ごした。

アン・スミスと如月静夫の破局は、別れてから一ヶ月後に大々的に報道された。

「静夫さん、やっぱり真緒さんなんだね。このバカ！」

と里奈にスポーツ新聞でひっぱたかれて抱きしめられ、

「先生、本当に真緒さんのこと愛しているんですね。このバカ！」

と乃亜に週刊誌でひっぱたかれて抱きしめられ、最後にバーカウンターの隣の席でゆりかから、

「ほうら、やっぱりこうなったでしょ？　このばあか。」

と肩を叩かれて、アンとの恋愛は終わった。

ハリウッド女優との恋愛騒動が一段落つき、如月静夫は相変わらず精力的に活動していた。活動としては充実していたが、「静夫」の胸には徐々に不満が高まっていた。もっと

自由にピアノが弾きたい。世界の「キサラギ」の名は足かせになっている。そのような思いが「静夫」の中でくすぶり始めていた。そんな時、一本の電話がかかってきた。「柊」は通話ボタンを押して、携帯電話を耳に押し当てた。

「もしもし？」

「如月静夫さんでいらっしゃいますか？」

「はいそうですが、あなたは？」

「河上龍吾の妻です。主人がいつもお世話になっておりました。」

「した」？　不思議な言い回しだなと思いながら「柊」は応答した。

「これはどうも。こちらこそお世話になっております。いかがされましたか？」

「実は、主人が昨日死去いたしまして。」

口をぽかんと開けた「柊」を押しのけ、「静夫」が静かに応えた。

「それは、心からお悔やみ申し上げます。河上龍吾さんは私を大きく成長させてくれた恩人です。心からご冥福をお祈りいたします。」

「そのことなのですが……如月先生。」

「はいなんでしょう？」

「主人が亡くなる前、「俺が死んだら如月君に、霊前でピアノを弾いて欲しい」と申していたんです。」

「えっ……」

「静夫」はぽかんと口を開けた。そんな「静夫」を押しのけ、「エリザベータ」が応答した。

「私などでよければ、もちろん演奏いたします。お別れの会はいつですか？」

「一週間後です。」

「かしこまりました。全力をもって演奏いたします。」

「河上龍吾お別れの会」の会場は、千人以上の芸能関係者、ファンが詰めかけた。壇上には往年の河上龍吾の大きな写真と、たくさんの花が置かれ、その前に一台のグランドピアノが鎮座していた。式は、遺族代表挨拶、ゆかりのある有名人によるお別れの挨拶と続き、如月静夫の演奏の番がやって来た。参列者達が少しざわめく中、如月静夫はピアノの前に行き、河上龍吾の写真の前で一礼して、椅子に腰掛けた。

「演目は、分かってるよな？」

「もちろんだよ「マイケル」。まずは「エリザベータ」、よろしく頼む。」

「分かったわ。河上さん、この身の全てをもって演奏させていただきます。」

「エリザベータ」は静かに目を開き、「主よ、人の望みの喜びよ」を奏で始めた。死者を抱きしめ天国へ連れて行く女神とその周りに浮かぶ天使達のように、神々しいまでに美しく、慈愛あふれた演奏だった。参列者は「エリザベータ」の演奏に皆涙を浮かべた。「エリザベータ」は鍵盤上で手を組み、祈りを捧げ、「静夫」に交代した。

「河上さん、僕の演奏、聴いてください。」

「静夫」は重々しく厳しく、「トッカータとフーガ」を演奏し始めた。最後の審判を下す神が、ピアノを通して降臨したかのような演奏だった。畏怖すら感じる「静夫」の演奏に、参列者の魂は震えおののいた。演奏が終わると、「静夫」の視界はぼやけ、鍵盤が見えなくなってしまっていた。

「河上さん、世界の「キサラギ」の名が足かせだなって考えてしまって本当に申し訳ありません。世界の「キサラギ」にはまだ責務がありました。これからも頑張りますので見守っていてください。」

「静夫」はピアノの前に座ったまま、長い間立ち上がることができなかった。

「河上龍吾お別れの会」での如月静夫の演奏は、メディアを通じて日本中に報道された。SNS上では、「ハリウッドセレブとのお騒がせピアニストが演奏するなんて死者に対する冒瀆だ」とか、「河上龍吾のために演奏するなんて分不相応だ」などというコメントも一部上がったが、たちまちの内に炎上し、コメントは一瞬で削除された。五十六歳となった如月静夫の演奏は、それほどに圧倒的だった。

「ところでシズオ、あなたの弟子はリナといいノアといい女性ばっかりだけど、あなたは男性の弟子は取らないの？」

アンにそう聞かれたのは、如月静夫が六十歳を迎えた時だった。

「ええ？　ああそういえばそうだね。男性からは不思議と師事したいって言ってこないんだよね。どうしてだろう？」

「それは「静夫」、あなたが「本物の覚悟がなければ如月静夫の門を叩くな」なんて言ったからだよ。あれでビビっちゃったんじゃないの？」

「ゆりか、女性は違うの？」

「女性はそういうところ強いからね。人生をかけた選択の場面で一歩踏み出す勇気は、女性の方があるんじゃない？」

「ああそれは同感。」

「そうなのアン？」

「そういうもんよシズオ。」

「ジェシカ」と「エリザベータ」はうんうんとうなずき、「マイケル」はブスッとした顔をした。

「それでね「静夫」、あなたにまた依頼したいことがあるんだけど。」

「ゆりか、今度は何？」

「今度はね、お弟子さん。また女性。」

「また？　なんでゆりかが持ってくるの？」

「それはね、私の友達の娘だから。」

「歳は？」

「十六。一応国内のコンクールで優勝してるよ。」

「十六だって？　まだまだ他にいくらでも道があるだろうに。なんでまたピアニストを目指しているの？」

「それはね、あなたのせい。」

「俺の？」

「彼女はね、幼少からあなたのピアノを聞いて育ったのよ。あなたのピアノに影響を受けてピアニストを目指すようになった。里奈ちゃんも乃亜ちゃんも、もう日本を代表するピアニストに成長した。そろそろ新しい弟子をとって指導しなよ。」

「うーん……十六かあ。俺が初めて国際コンクールで優勝した歳だなあ。とりあえず演奏を聴かせてもらうよ。それから決める。」

「ＯＫ。じゃあ連絡するね。ありがとう「静夫」。」

「シズオ、十六のうら若き乙女に手を出すんじゃないわよ。」

「アン、滅相もない。俺はもうおっさんを通り越しておじいちゃんに見えるだろうよ。」

週末、如月静夫は自宅で十六の娘の到着を待っていた。

「「マイケル」、変な気起こすんじゃないよ。」

「「エリザベータ」、さすがに十六は射程範囲外。お子ちゃまには興味ねえよ。」

「「静夫」も、演奏でメロメロにするんじゃないよ。」

「「エリザベータ」、それはもう手遅れだと思う。でも、僕から手を出すことはないことぐらい、君も分かってるだろう？」

た。

「さあ、どうだか。」

するとドアのチャイムが鳴った。扉を開けると、可愛らしい娘が母親を伴って入ってきた。

「初めまして。如月静夫です。話は柚月えりかさんから聞いています。小桜沙紀さん、ですね？」

「はい。如月先生、今日はよろしくお願いします。」

「まあ、詳しい話は後にして、まず演奏して見せてよ。手は温まってるかい？」

「はい。大丈夫です。」

小桜沙紀はピアノの前に座り、ふうっと息を吐いて、鍵盤を叩き始めた。「月光」だった。「静夫」は自分があの老人のピアニストに初めて演奏した時のことを思い出していた。小桜沙紀の演奏は、年相応の可愛らしさの中に、どこか大人びた、達観したような響きがあった。

「へえ、十六にしてはやるじゃない。どこか幼い頃の「静夫」を感じさせる。」

「そうだね「ジェシカ」。これは合格点じゃないかな？「エリザベータ」はどう思う？」

「うーん。成長の余地は充分に感じる。彼女が私たちの指導についてこられるか次第だねえ。」

「俺は全然ＯＫ。」

「なあに「マイケル」、十六は射程範囲外じゃなかったの？」

「この大人と子どもの中間にある感じがたまらなくいい！　この子ならではの魅力だな。これは成長したら綺麗になるぞお！　なあ「柊」。」

「うん。まだまだ成長途上だね。じっくり時間をかけていけば世界の「キサラギ」三人目の弟子にふさわしいピアニストになるんじゃない？」

「よし。じゃあ彼女自身の気持ちを確かめて、最終判断をしよう。」

　小桜沙紀は演奏を終え、ふうっとため息をついた。横では母親が心配ではち切れそうな様子で立っていた。「静夫」は優しく笑って二人に声をかけた。

「今、お茶を沸かすよ。二人とも、そこのソファにでも座って待っててくれるかな？」

　茶葉がジャンピングして充分に香りを引き出している間中、母親はずっとソワソワしていた。そんな様子を「静夫」はおかしそうに見ていた。

「さあどうぞ。マドレーヌもご一緒に。ここのマドレーヌ、すごく美味しいんだよ。」

「静夫」はしばらくの間沈黙して紅茶にマドレーヌを浸し、口に放り込んで咀嚼していた。すると母親は沈黙に耐えきれず「静夫」に尋ねてきた。

「先生、娘のピアノはどうでしたか？」

「まあお母さん、そう焦らずにマドレーヌでもどうぞ。」

　母親はおずおずとマドレーヌを手に取り、一かじりしてソーサーに置いてしまった。

「静夫」はその様子を見てぷっと吹き出した。小桜沙紀はその様子を不思議そうに見ていた。

「それで先生、娘のピアノはどうでしたか？」

「その答えの前に、私の「月光」聴いてくれるかな？」

如月静夫は席を立って、ピアノをポンッと叩き、椅子に座った。

「誰が弾く？」

「第一楽章は「静夫」でしょ？　第二楽章は？」

「「ジェシカ」か「エリザベータ」がやれば？」

「付き合いの長さからいって「ジェシカ」でしょ？」

「じゃあ第三楽章は？」

「俺がやる。」

「じゃあ、「静夫」、私、「マイケル」ね。」

「静夫」はふうっと一息吐いて演奏を始めた。静謐で荘重な響きがゆっくりと部屋を満たしていった。「静夫」が演奏を終えると「ジェシカ」がやや軽く、優しく第二楽章を演奏し、「マイケル」が燃えるように速く第三楽章を演奏した。小桜沙紀は心を鷲掴みにされたかのように胸の前で手を握りしめ、母親は畏敬と感動から口を半開きにして如月静夫を見つめていた。

「どうだった？」

「……先生にあって、私にないものは何ですか？」

「静夫」は椅子に腰掛け紅茶を啜りながら、宙を見つめて黙っていた。

「経験と、時間かな。あともちろん練習量。」

「先生の経験と時間は、私とどれくらい違うんですか？」

「うーん……四人分の人生はあるかな。」

「静夫」の言葉に、「ジェシカ」始め四人はうなずいた。五人の誰もが納得する答えだった。小桜沙紀はそれを聞いてひどくがっかりした表情をした。

「それじゃあ、私は先生に一生追いつけないじゃないですか。」

「まあ、そうかもしれないね。でも、そうとも言い切れない。ねえ沙紀ちゃん、プロになるまでもう十年待てって言われたら、君は待てる？　十六歳からの十年間だ。決して無駄に過ごせないかけがいのない時間だよ。その十年をピアノに捧げる覚悟はあるかい？　即答しなくていいから、カップの紅茶を飲み干すまでにゆっくり考えるといいよ。」

　小桜沙紀はゆっくりと紅茶を飲んでいった。母親はすぐにカップの中身を空にし、ソーサーに置いてしまったが、小桜沙紀はじっくりと思いを巡らせながら紅茶を飲んでいった。そしてカップが空になった時、小桜沙紀は如月静夫を見つめて言った。

「先生、私の十年間を先生に捧げたら、私はプロのピアニストとして生きていけますか？」

「私は未来予知なんてできないから、君がピアニストとして食っていけるかどうかは分からない。どうする？」

　そんな無責任なと言いかけた母親を制し、小桜沙紀は言った。

「分かりました。私の十年、先生に預けます。ピアノを教えてください。」

「いいよ。でも途中で諦めてもらっても全然いいから。指導に耐えられなくなったら遠慮なくいつでも言って。私は責めたりなんかしないからね。」

「私は途中で放り出したりなんかしません。十年間、よろしくお願いします。」

固い決意のこもった小桜沙紀の声につられ、母親は娘と一緒に頭を下げた。


「さて、これで晴れて沙紀ちゃんは如月静夫の指導を受けることになったんだけど、指導は誰が受け持つ？」

「この際、全員でやらない？　私たちの技術と経験、全部沙紀ちゃんにあげようよ。」

「いいぜ。もし耐えられたらとんだモンスターの誕生だ。」

「そうね。よし、私も容赦しない。潰れたって私のせいじゃないからね。」

「うん。じゃあ僕らの残りのピアニスト人生を全てかけて彼女を育てよう。」

「『残りのピアニスト人生全て』？　どういうこと？」

「『柊』、実は僕、残り十年で一線から退こうと思っていたんだ。」

「えーピアニストは一生ものの仕事だよ『静夫』。」

「そうなんだけどね『ジェシカ』。でも僕ら、最近一体感ありすぎじゃない？」

「あ、それは私も感じてた。ゆりかに見破られてからできる限りバレないように演奏工夫してたし、ここ十年ほどは楽章ごとに交代してたりしてたし、なんか私の演奏はどこ行ったのかなあって。」

「そうでしょ「エリザベータ」？　如月静夫として演奏は散々やってきたけど、僕らそれぞれの演奏は最近やってないんだ。それで、七十歳を節目に世界的ピアニスト「如月静夫」は解散して、僕らそれぞれの世界を切り開いていけないかなあって思うんだ。」

「なるほどなあ。それも面白いかもしれないなあ。」

「でしょ「マイケル」？「ジェシカ」と「柊」はどう思う？」

「私は……そうね、ちょっと寂しくはあるけど、「静夫」がそれでいいならいいよ。」

「僕も「静夫」がそう言うなら異論はなしだ。これまでいろいろありすぎて僕もマネージャー業はちょっと疲れてきたからねえ。」

「マネージャー役、沙紀ちゃんにやらせたらいいんじゃない？　きっと自立するための勉強になるよ。」

「「エリザベータ」、それはちょっと詰め込みすぎなんじゃ」

「僕はそれでいいよ。「静夫」、ちゃんと沙紀ちゃんを支えてやるんだよ。」

「分かった。それじゃあみんなで世界の「キサラギ」最後の弟子を育てよう！」

　如月静夫による小桜沙紀の指導が始まった。まずは学業との両立を目指し、「静夫」が当時の経験を元に指導していった。沙紀は学業のことは後回しにして、ピアノに専念したそうだったが、「エリザベータ」が叱責し、少なくとも全科目で平均以上、英語はネイティヴレベルという課題を課した。沙紀は文句を言いながらも勉学に努め、「エリザベータ」の課したレベルを維持していた。「静夫」の方も段階的に求めるレベルを上げていき、期限を設けて自分の求めるレベルに達するようにと課題を課した。沙紀が努力のしすぎで疲弊してきた時は、「ジェシカ」が優しく沙紀をフォローし、「マイケル」はたまに沙紀を外に連れ出して息抜きをさせた。

「なんか意外です。先生もこういうチェーンのコーヒー店なんか行くんですね。」

「え、なんか変かな?」

「いや、若いなって。周り見てくださいよ。若いカップルとか、学生とか、社会人ですら少数ですよ。」

「ほんとだね。俺、まだまだいけちゃう?」

「ていうか、ぱっと見親子、いやちがうなあ最悪援交に見えますよ。」

「それはヤバい。週刊誌に見つかったら大変だ。おじさんすごく困っちゃう。」

「でも先生って、なんか全然年齢感じないんですよね。おじさんはおじさんでも、お兄さん寄りのおじさんですね。今の担任の先生、三十八歳らしいんですけど、如月先生の方が担任の先生より感性若いんじゃないかって思う時あるし。」

「なんだそれ。もう俺六十だよ。そんなひよっこに比べられてたまるか。」

「あ、もちろんピアノ指導してもらってる時は全然そんなの感じませんよ。本当に圧倒的な経験と努力を感じますもん。あとなんというか複数の才能が固まって一つになってる感じ。」

　なんか全部ダダ漏れじゃん、と「マイケル」が啞然としていると、「静夫」が「マイケル」に肘鉄を食らわせ正気に戻した。

「経験と努力は正直に認めよう。けど才能は一つだけだよ。さあ、カップも空になったことだしそろそろ戻ろうか。練習再開するよ。」

「はい先生。」

　如月静夫と小桜沙紀の師弟関係が二年を経過し、沙紀が高校を卒業した。卒業式には如月静夫も学校へ向かい、校門のところで待ち合わせて沙紀を祝福した。

「沙紀、高校卒業おめでとう！」

「ありがとうございます如月先生。これでこれまで以上にピアノに専念できますね。」

「そうだね。でもよかったの？　音大に行かなくて。」

「私、世界の「キサラギ」に師事してるんですよ？　音大なんて行ってるヒマがあったら先生から何かしら盗んでいたいですよ。」

「そう。じゃあこれからいろんなところに連れて行ってあげる。それから君の姉弟子達にも紹介するね。あともう一つ、君にこれから覚えていってほしいものがある。」

「なんですか？」

「君がこれからピアニストとして自立していくためには、しばらくの間は自分でスケジュール管理とかマネージメントをしていく必要があるんだ。沙紀、俺は七十になったら第一線を退くつもりだ。それまでピアノの修練を積みつつ俺のマネージャーをして欲しい。」

「七十歳で引退？　早すぎませんか？　もったいない。」

「ちょっとやりたいことがあってね。もちろん第一線を退いてもピアノは続けていくよ。」

「よく分からないけど、分かりました。しっかり務めさせていただきます。」

その後如月静夫は小桜沙紀を連れて演奏会に赴くようになった。沙紀は「柊」からマネージメントを学びながら、世界の「キサラギ」の活動をサポートしていった。「静夫」はまず沙紀を里奈のところに連れて行き、紹介した。

「里奈、久しぶり。」

「お久しぶりです先生、こちらの方は？」

「この子はね、小桜沙紀さん。俺の新しい弟子。」

「まあたたぶらかしたんですかあ？　それもこんな若い子を。先生いい加減にしてくださいよ。」

「違うって誤解だから。これは柚月えりかさんからの紹介で」

「私信じませんよ。散々女振り回して、結局振るんだから。」

「ええ？　先生そんなこと一言も言ってなかったじゃないですか。こんな綺麗な人振ったんですか？」

「そうだよ。先生は私の精一杯の告白を振ったひどい人なんだよ。沙紀ちゃんも気をつけてね。先生には魔力があるから。」

「はい。気をつけます。」

「おい里奈、変な誤解植え付けるなよ。」

乃亜に紹介した時も、似たような反応だった。

「先生、私に黙ってこんな若くて可愛い子といちゃついてたんですかあ？」

「いちゃついてたんじゃなくて、ピアノの指導ね。」

「沙紀ちゃん、ほんと気をつけなよ。先生はどんな女の心も持って行っちゃうんだから。」

「里奈さんだけじゃなくて乃亜さんもですか？　しかも乃亜さんってあの有名アイドルグループのセンターだった人じゃないですか。つくづくひどい人ですねえ先生。」

「里奈に続いて乃亜にまでそう言われると、なんかだんだん自分でもひどい男だって思ってきた。」

　沙紀との師弟関係が五年を経過し、沙紀は急激な成長を遂げていた。国際コンクールにも出場するようになり、優勝するまでには至らなくとも、上位入賞を遂げ、国内外からのオファーが徐々に入ってくるようになった。「静夫」は沙紀の演奏会はできるだけ見に行くようにし、沙紀が演奏を終えると誰よりも大きな拍手をした。沙紀は柚月えりかや山本乃亜の紹介でテレビ番組にも出演するようになり、「新進気鋭の美人ピアニスト、小桜沙紀」と紹介された。「静夫」はその放送を見てにっこりとした。

「如月先生、すごいところからオファー来てますよ。」

沙紀から携帯で電話がかかってきた時、如月静夫はちょうど寝ようとしていた時だった。

「今度はどこ？」

沙紀の話によると、世界的にその名が知られているオーケストラとの共演とのことだった。

「ああ、そこね。了解了解。じゃあ沙紀、一緒に行くから荷造りしといてね。」

「なんでそんなに落ち着いていられるんですか？」

「だって何回も共演したことあるから。」

「ああそうでしたね。先生は世界の「キサラギ」でしたね。アメリカ、久しぶりに行くなあ。それじゃあ先生、空港集合でいいですか？」

「いいよそれで。じゃあお休み。」

「おやすみなさい先生。」


「Welcome back シズオ！」

空港ではアンが出迎えてくれた。

「これはこれはハリウッド女優がお出迎えとは俺も偉くなったもんだ。」

「何言ってんのよバカ。あら、そちらは？」

「小桜沙紀です。どうぞよろしく。うわあ、本物のアン・スミスだあ！」

「シズオ、私というものがありながらアンタねっ！」

「アン、振ったのはお前の方だろう？　それに恋人じゃないし。俺の弟子兼マネージャー。」

「私まだ諦めたわけじゃないし。サキ、よろしくね。アンでいいわ。ねえ、今夜泊まっていくでしょ？」

「残念ながら、今夜は遅くまでリハだ。悪いからホテルに泊まるよ。」

「私のことは気にしなくていいのに。相変わらずシズオは優しいね。そういうとこ、好きだよ。」

「せんせええ」

「アン、俺はこれ以上弟子に嫌われたくないんだ。今回は遠慮しておくよ。またプライベートでね。」

「せんせえええええええ」

如月静夫を睨む沙紀を見て、アンはぷっと吹き出した。そして「静夫」を抱きしめ、手を挙げて去って行った。

「さあ、俺たちも行こうか。予定は？」

「あんまり時間ないですから、ホールに直行ですね。」

「了解。じゃあ今回も客席でしっかり見ておいてくれよ。」

ホールではすでにオーケストラがアンサンブルを始めていた。如月静夫はいつ聴いてもさすがだなあと思いながらひとしきり演奏を聴き、区切りがついたところで、拍手をした。すると指揮者が如月静夫の方を向いてびっくりした表情を浮かべた。

「Mr.キサラギ、冗談はナシですよ。いらっしゃったのなら声をかけてください。」

「いや、いつ聴いても素晴らしいなあと思いながら聴かせていただきましたよ。あとマエストロ、私のことは「シズオ」とお呼びください。」

「世界的ピアニストをファーストネームで呼ぶのはなんだか失礼な気がしますが、そうしましょう。では私のことも「デイヴィッド」と呼んでください。」

「ではデイヴィッド、早速練習に参加させてもらうよ。」

「どうぞよろしくシズオ。では早速第一楽章からいきましょう。」

如月静夫は「よろしく」とピアノを優しくなでてから、席に座った。

「誰が弾く?」

「とりあえず技巧的な面から「エリザベータ」でいいんじゃない?」

「了解。指揮者の感性に合わせて演奏してみるね。無理そうなら「静夫」、お願い。」

「了解。」

指揮者が指揮棒を振り下ろし、ベートーヴェンのピアノ協奏曲「皇帝」が壮麗な和音と共に幕を開けた。「エリザベータ」はベートーヴェンの真意と繋がりながら、クラシックで華やかに演奏した。第一楽章が終わった時、デイヴィッドは振り向いて如月静夫の方を見た。

「さすがの演奏です。でもその華やかさは第三楽章に欲しいな。第一楽章はもっと威風堂々たる様が欲しい。今の演奏では若々しすぎる。とてもあなたの年齢のピアニストの演奏とは思えない。」

「おや、この指揮者、なかなか鋭いわね。じゃあ「静夫」頼むね。」

「了解。」

「デイヴィッド、オケの皆さん、すまないがもう一度お願いできないかな?」

「もちろんです。」

二度目の第一楽章は「静夫」が弾いた。「エリザベータ」の演奏に荘厳さが増し、まさに「威風堂々」という言葉を体現したかのような演奏だった。デイヴィッドはタクトを振るいながら驚愕の目で如月静夫を見た。

「シズオ、あなたはなんという人だ。まるで全く違うピアニストが突如目の前に現れたかのようだった。」

「第一楽章は、こんな感じでいいかな?」

「いいです。圧倒されました。これはオケも頑張らないとあなたのピアノに呑まれてしまうね。じゃあ第二楽章行こうか。」

「第二楽章は誰が弾く?」

「「静夫」でいいんじゃない?」

「「エリザベータ」すねないの。じゃあ私がやってみてもいい？」

「いいよ「ジェシカ」。「エリザベータ」は第三楽章やればいいじゃない？」

「えー第三楽章は俺もやりたい。」

「じゃあそこはデイヴに任せようか。」

指揮棒が振られ、第二楽章が始まった。「ジェシカ」もベートーヴェンの真意に繋がりながら、静かに穏やかに演奏した。デイヴィッドはまたもや驚愕し、畏怖の表情で如月静夫を見た。

「シズオ、あなたには一体いくつの顔があるのですか？　先ほどの演奏と一貫性を保ちつつも全く違う表情を見せている。……よし、第二楽章はこれで行きましょう。」

よしっと「ジェシカ」がガッツポーズをした。その横で「エリザベータ」がふくれっ面をしているのを「柊」はおかしそうに見つめていた。

「デイヴィッド、提案があるんだが。」

「なんでしょう？」

「第三楽章、続けて二回リハお願いできないかな？　試してみたい表現が二通りあるんだ。」

「いいでしょう。なかなかタフですが、皆さん頑張りましょう。」

「さあ一勝負いこうか「エリザベータ」。先攻はどっちにする？」

「そうね「マイケル」、デイヴ見てなさいよ。私がリベンジといこう。」

「お手並み拝見。」

「エリザベータ」ははあっと息を吐いて演奏を始めた。華やかさが一層増し、高貴さを感じさせる演奏だった。デイヴィッドは一生懸命オケを鳴らし、「エリザベータ」の演奏についていった。一回目が終わった時、デイヴィッドは大粒の汗をかいていた。

「デイヴィッド、休憩は必要かい？」

「いえ、必要ありません。二回目行きましょう。」

「じゃあ今度俺な。」

「超えられるもんなら超えてみなさいってえの。」

「マイケル」は大胆で力強く、高貴な演奏をした。デイヴィッドは肝を冷やした表情でオケを導いていった。

「デイヴィッド、どちらの方がよかった？」

「シズオ、あなたは本当にひどい方だ。どちらもあまりに素晴らしすぎてこっちは大変だったんですよ？　その上で選べと？」

「そうだよ。だって指揮者だから。」

デイヴィッドははあっとため息をついた。

「これまで指揮者をやってきて、こんなにつらい時はなかったですよ。でもそうですね、強いて選ばせていただくなら、二回目の方ですね。」

よっしゃあと「マイケル」が拳をあげた。

「まさか「マイケル」に負ける日が来るなんて。ああ、自信なくす。」

「まあまあ「エリザベータ」、指揮者の感性だからね。勝ち負けじゃないよ。」

「「静夫」、しずおおおおお」

「エリザベータ」は「静夫」に抱きついた。

「おい「静夫」、「エリザベータ」まで手玉に取ったらもうわけ分からんぞ。」

「「マイケル」、僕は別にそんなつもりは」

「バカシズオっ！」

「エリザベータ」は「静夫」の胸をバシバシ叩いた。

リハーサル後、「静夫」はデイヴィッドのところへ近寄った。

「デイヴィッド、ちょっと話があるんだ。」

「なんですか？」

「私はね、七十歳になったら第一線から退くつもりなんだ。だから「皇帝」を人前で弾くのは最後かもしれない。」

「なんですって？　もう一度機会があったら、最初の方の第三楽章で行きたいと思っていたのに。……分かりました。世界の「キサラギ」最後の「皇帝」、全力でやらせていただきます。オケのみんなには伝えますか？」

「いや、やめておいてくれ。変に気負わせたくないからね。」

本番当日、如月静夫はステージから観客席を見渡した。どこかに里奈、乃亜、アン、沙紀がいるはずだったがどこにいるか分からなかった。まあいいや、どこにいてもちゃんと聴いてろよ。真緒、私の最後の「皇帝」聴いてくれ、そう思いながら椅子に座り、ふうっとため息を吐いた。そしてデイヴィッドにうなずいた。デイヴィッドは真摯なまなざしでうなずき返し、指揮棒を振り上げた。荘厳で豪華絢爛な第一楽章が始まった。「静夫」はオーケストラの響きに自身のピアノを溶け込ませながら、一つの音楽を作り上げていった。二十分近く続く第一楽章を演奏し終え、「静夫」はふうっと息を吐いた。

「「ジェシカ」、頼む。」

「はい。頼まれました。」

「ジェシカ」は持ち前の包容力で優しい調べを奏で、観客を包み込んでいった。オーケストラも「ジェシカ」の演奏に応え、全てが優しく高貴な演奏を作り上げた。

「後は頼んだよ「マイケル」。」

「おう。任せとけ。」

「マイケル」はダイナミックでスケールの大きい音楽を作って見せた。観客は圧倒され、舞台と観客が一つの空間となった。最後の和音が鳴り響き、観客は総立ちになって大きな拍手と歓声で如月静夫とデイヴィッドとオーケストラを包み込んだ。デイヴィッドは涙を流しながら、如月静夫と固い握手を交わした。如月静夫は穏やかに笑ってデイヴィッドとコンサートマスターに握手をし、舞台を去って行った。

「最後の演奏会のことなんだけど。」

「なあに「静夫」、気が早すぎない？」

「いや「ジェシカ」、なんだかんだ言ってあと四年だ。それにいつも通りの活動もあるし沙紀の指導もある。今から考えても決して早くはない。」

「俺も「柊」に賛成だ。で、「静夫」は最後に何が弾きたいんだ？」

「最後はね。ベートーヴェンの三大ソナタ、全部。」

「なんか「静夫」って人生の節目にベートーヴェンのソナタ持ってくること多いよね。まあ悪くないけど。」

「まあ「エリザベータ」はもう「静夫」に首ったけだからな。反対はしないさ。」

「おい「マイケル」。ありがとう「エリザベータ」。それでね、いつも通り楽章ごとに役割分担がしたいんだ。それで、今のうちから試行錯誤して決めようかなって。」

「なるほど。四年かけてベートーヴェンの三大ソナタに挑むわけか。いいねえ。腕が鳴るねえ。」

「それで「静夫」、最後の演奏会であることはいつ世間に公表する？」

「「柊」、それなんだけど、最後の演奏が終わってから発表するのはどうだろう？」

「なるほど、それもアリだねえ。僕はあらかじめ発表しておいた方が集客効果が見込めると思っていたんだけど、そうするとミーハーな奴らが来ちゃうか。」

「そうだね。最後の演奏は「如月静夫」の本当のファンだけに聴かせたいね。」

　如月静夫とベートーヴェンの三大ソナタとの闘いが始まった。「ジェシカ」、「マイケル」、「エリザベータ」の三人は「静夫」にベートーヴェンの真意をできうる限り伝え、「静夫」はそれを自分の演奏に反映していった。

「なんか先生の演奏、また変わりましたね。なんか鬼気迫るというか、自分の死を悟っているというか、そんな感じがします。先生、まさかとは思いますが余命宣告とかされてませんよね？」

　ある日、沙紀が心配そうに尋ねてきたのを聞いて、「静夫」はぷっと吹き出した。

「まさか。でもね沙紀、当たらずとも遠からずかもね。」

「そうかあ。あと三年かあ。本当に引退しちゃうんですか？　もったいないなあ。」

「ピアノ自体をやめるわけじゃないから、あんまり実感ないけどね。あと三年で「如月静夫」のピアノじゃなくなるってだけで。」

「それってどういう意味なんですか？」

「内緒。」


「うん。「月光」は形になりそうね。第一楽章は私、第二楽章は「静夫」、第三楽章は「ジェシカ」。」

「そうだね。なんかいつもと違う組み合わせだけど、それが面白い化学反応を見せた。」

「そうだね「柊」、「熱情」はどうする？」

「第一楽章は「マイケル」、第二楽章は「ジェシカ」、第三楽章は「静夫」でどう？」

「いっそのこと僕抜きで、三人でやったらどうだろう？」

「うん、その組み合わせ、これまでありそうでなかったよね。じゃあ第三楽章は私がやるよ。それで一度弾いてみよう。」

「……どうだった「柊」？」

「いいんじゃない？　なかなか新鮮だった。」

「じゃあ一旦これで。問題は「悲愴」だね。第一楽章は「静夫」でいいとして、次は誰がやる？」

「これまでの練習では、第二楽章は圧倒的に「ジェシカ」だったよね。」

「そうかなあ？　私は「エリザベータ」のもよかったけどなあ。「マイケル」はちょっと熱すぎたけど。」

「悔しいけど、同意見だ。俺はパス。」

「じゃあ一旦「ジェシカ」で行ってみよう。第三楽章は？　僕的には「エリザベータ」なんだけど、みんなはどう？」

「それなんだけどさ、実は「静夫」のも捨てがたいなあって。」

「あ、俺もそう思った。でも「静夫」が二回になっちゃうな。」

「そうね。一旦私で行かせて。」

「いいよ。じゃあ明日のリハーサル、よろしく。」

「どうよ？　本番もこれで行くか？」

「私、「悲愴」の第三楽章「静夫」にやって欲しい。私にはこの重責は耐えられない。私は「静夫」の演奏を一番側で見てるよ。」

「じゃあみんなには悪いけど、第一、第三とやらせてもらうね。」


本番当日、如月静夫は控室の椅子に浅く腰掛け、テーブルに片肘をついて頬を支えながらぼおっとしていた。するとノックもなしに控室のドアがバターンと開かれ、ゆりか、里奈、乃亜、アンが飛び込んできた。

「ちょっと「静夫」どういうこと？　今回が最後？　そんなの聞いてなかったんだけど。」

「私も沙紀ちゃんから聞いて初めて知りましたよ。先生早すぎますよ。」

「そうですよ先生。」

「そうよシズオ。」

口々に大声を出す四人に向かって如月静夫は頬杖をつきながら黙って右手を挙げた。四人は如月静夫の仕草に押し黙った。

「「関係者以外立入禁止」って書いてあったの、読まなかった？　一応英語でも書いてあったと思うけど。沙紀、そこにいるんだろ？　俺、他の誰にも言うなって言ってなかったっけ？」

　すると恐る恐る沙紀が扉の向こうから入ってきた。

「すいません先生。この四人の方は先生の一番の「関係者」だと思って。」

「沙紀ちゃんは悪くないよ。「静夫」、」

　抗議しようとした四人にもう一度腕を上げ、如月静夫は静かに言った。

「ちょっとこの時間は一人にさせてくれないか？　君たちには黙って私の演奏を聴いていて欲しいんだ。」

　四人はその言葉に押され、控室から出て行った。

　ステージ裏のスタッフから「先生お願いします」という声をかけられ、如月静夫はステージの中央に佇むスタインウェイのところへ向かっていった。そして一礼し、スタインウェイを優しくなでてから、椅子に座った。

「みんな、行くよ。」

「エリザベータ」ははあっと息を吐いて演奏を始めた。流麗さと重厚さ、静けさの合わさった「月光」の第一楽章が始まった。「エリザベータ」はベートーヴェンの真意と繋がり、これまでの日々と、「静夫」のことを思いながら鍵盤を叩いていった。そして静かに鍵盤から指を離した。

「次は任せたよ！　私の大好きな「静夫」！」

「ありがとう。任せて。」

「静夫」は第二楽章を奏で始めた。第一楽章で「エリザベータ」が作り上げた空気の中に音符を浮かべるように「静夫」は演奏した。軽やかに優しく第二楽章を終えた「静夫」は「ジェシカ」の肩をポンッと叩いた。

「後はよろしく。「ジェシカ」。」

「全く、ほんと、さすがは私の見込んだ男だわ。任せて。」

「ジェシカ」はいつもとは全く違う熱情あふれた演奏を始めた。指が激しく躍り、ピアノが鳴り響き、観客を包み込んだ。燃えさかる青い炎のような演奏が終わると、拍手が鳴り響いた。如月静夫は拍手に一礼して、椅子に座った。

「さあて、やっと俺様の出番だ。さあ聴け全ての観衆よ。そして熱情の炎でその心を焦がすんだ！」

「マイケル」は「熱情」の第一楽章を叩き始めた。自身の声を、熱情をピアノに全て乗せたような演奏だった。ピアノは持てる全ての力を解放し、「マイケル」に応えた。

「ほい、「ジェシカ」後頼むわ。」

「ＯＫ。」

「ジェシカ」の演奏は、低く熱く優しいものだった。観客はその調べにうっとりと夢見心地になった。

「「エリザベータ」後よろしくね。」

「うん。ありがとね「ジェシカ」。」

「エリザベータ」は二人の作り出した響きに重ねるように、第三楽章を力強く奏でた。観客からはまたもや大きな拍手が起こったが、如月静夫は手を挙げてそれを制した。観客がまだざわめいているのを見て、如月静夫は穏やかな顔で人差し指を口元に当てた。そして高々と腕を上げ、「悲愴」の最初の和音を響かせた。

第一楽章が終わった時、観客は圧倒的な演奏にみな口を半開きにして如月静夫を見つめていた。それを見て「静夫」は四人に告げた。

「ごめん。「悲愴」は全部僕が弾くね。」

翌日の夜、如月静夫はいつものピアノバーに向かっていた。ピアノバーに向かう途中、如月静夫はコートの襟を立て、帽子を目深に被って終始ブツブツとつぶやいていた。如月静夫はバーの扉を開けた。まだ他の四人は来ていないようだった。

「いらっしゃいませ。ウオッカマティーニですね？　飲み方は？」

「Shaken, not stirred.」

あとがき

「ほら静夫、あとがきだってよ。」

「えー僕？」

「他に誰がいるんだよ。」

「そうだよ。さあ早く！」

「うーん……あ、最近頭蓋骨骨折して入院しました。夜中に響く「ポーン」っていう心電図の音とうめき声が響く病棟、あれはすごい体験でした。いち音楽家としては、もう暫くは入院したくありません。」

「はあ？」

「はあ？」

「あはは、静夫らしいね。」

「とにかく、皆さんに感謝したいです。この本を手に取ってくださった皆さん、この物語を本にするきっかけを下さった文芸社の今井さん、細かいところまでものすごくチェックをしてくださった編集さん、物語を描き続ける時間をくれた家族、解離性同一性障害について教えてくださったクリニックの皆さん、最後に出版に踏み切った著者、皆さんは僕の尊敬の対象であり、本当に感謝しています。ありがとうございます。」

著者プロフィール

侘 檀瑚（ちゃ だんご）

1988年生まれ。京都府出身。茶だんごに目がなく幼稚園児の頃からおやつは茶だんご。東京大学文学部卒。JAPAN MENSA会員。2019年にうつ病を発症し、2020年に適応障害と診断される。現在は量子論から導き出される多世界解釈について研究中。

鍵盤

2022年3月15日　初版第1刷発行

著　者　侘 檀瑚
発行者　瓜谷 綱延
発行所　株式会社文芸社
〒160-0022　東京都新宿区新宿1－10－1
電話　03-5369-3060（代表）
03-5369-2299（販売）

印　刷　株式会社文芸社
製本所　株式会社MOTOMURA

ISBN978-4-286-23140-2